おとら
[イラスト]夜ノみつき
国王である兄から
辺境に追放されたけど
平穏に暮らしたい
3
~目指せスローライフ~

リン
セシリア
ライラ
「それで、私は何をすれば良い？」
「うーん……正直言って、特にはないですよ」
「むっ？　そうなのか？」
「流石に、怪我でも負わせたら責任問題にもなりますし……」

ライル
マルス
シルク
ルリ
「私は気にしないが……仕方あるまい」
「俺が守るからご安心ください！」
「馬鹿は黙ってなさい」
「兄さんは黙ってて」

「では、エスコートしてくださいませ」
「そうですよ。この格好は歩きづらいですから」

国王である兄から辺境に追放されたけど平穏に暮らしたい
～目指せスローライフ～

3

おとら

［イラスト］夜ノみつき

一話

セレナーデ王国での休暇を終え、都市バーバラに帰ってきて数日が過ぎ……。

セシリアさんも生活に慣れてきて、俺達も日常生活に戻ってきた。

そして俺がいない間にも、少しずつ改革は進んでいたみたい。

なので、一度みんなで会議をすることになる。

「へぇ、冒険者達の中に氷の魔法を使える人が……」

「ええ、そうよ」

どうやら、姉さんが俺に代わって稽古をつけてくれたらしい。

だが、そのしごきはえげつなかったそうだ。

「お、鬼だったぜ」

「うわぁ……想像がつくや」

「二人とも——何か？」

すると、ライラ姉さんの冷たい視線が飛んでくる。

「な、なんでもねえ！」

「な、なんでもないよ！」

「ふふ、相変わらず愉快な兄弟だな」

セシリアさんってば……なんか、すっかり馴染《なじ》んでるよね？

やっぱり、本人が言うように変わり者だからかな？

「それで、私は何をすれば良い？」

「うーん……正直言って、特にはないですよ」

「むっ？　そうなのか？」

「流石《さすが》に、森に連れていって怪我《けが》でも負わせたら責任問題になりますし……」

「私は気にしないが……仕方あるまい」

ほっ……とりあえず道理のわかる人で良かった。

「俺が守るからご安心ください！」

「馬鹿は黙ってなさい」「兄さん、黙ってて」

「ふふ、そう言ってやるな。ライル殿、ありがとう。その時は、頼りにさせてもらおう」

「ぐはっ!?　我が人生に一片の悔いなし――」

セシリアさんの微笑に、ライル兄さんが崩れ落ちた！

「レオ、ベア」

「へいっ、またっすね」

「はぁ、またか」

ライル兄さんは、二人に運ばれていく。

二人も含めて、もはや誰も突っ込まない。

何故《なぜ》なら、この光景も何度目だろう……もう慣れてきちゃった。

「セシリア、少し楽しんでない？」

「ふふ、ばれたか……実は少し楽しい。女姉妹で育ったし、年下の男性に好かれるなど経験がないからな」

「なるほどねぇ……私も、そろそろ考えようかしら？」

「ふふ、お互いに売れ残りというやつだな」

「あら、違うわよ。こっちから選んでないだけよ」

「ハハッ！　それは良《い》いセリフだ」

うん……こっちも、随分と仲良くなったよね。

姉さんと対等に話せる人って少ないから、本当に連れてきて良かった。

その後、真面目な話に戻して……。

「しかし、それではただ飯ぐらいになってしまう。こんなに美味《おい》しい食事と温泉、暖かい部屋で過ごさせてもらってるんだ。何かしないと、こちらの気が済まない」

相変わらず、カッコいい女性だこと。

まったく、どっかの穀潰しに聞かせてあげたいよ……俺のことですねー。

「うーん、とりあえず姉さんのお茶の相手をしてください。姉さんは、割と甘えることが下手くそなので」

「マ、マルス！」

「そんなことならお安い御用だ。私も楽しいからな」

「そ、そう……まあ、別に良いわよ」

姉さんがデレてる……なんだろう、百合《ゆり》に目覚めたりしないよね？

「あとはライル兄さん……を適当に相手してください」

「ふふ、わかった」

こっちは、もう知らないっと。

まさか……ライル兄さん対ライラ姉さんとかにならないよね？

「あとは剣の稽古とか、魔法の鍛錬とか指導してくれると助かります」

「うむ、それなら役に立てそうだな」

「あとは……まだ先の話ですけど、セレナーデから来る人員の責任者とまとめ役をお願いします」

これから街道を整備して、セレナーデとバーバラを繋《つな》げる作業をする。

そのためには、双方の責任者が権限を持ってないといけない。

「ああ、もちろんだ」

「そしたら、こちら側は私が適任ね。ライルじゃ、セシリアの言いなりになっちゃうし」

「おやおや、これは手強《てごわ》そうだ」

「じゃあ、その辺りの調整は私達でするわ。マルス、貴方《あなた》は思う通りにやりなさい。お姉ちゃんとして、しっかり補佐してあげるから」

「姉さん！　ありがとう！」

「ふふ、素直でよろしい。じゃあ、行きましょ」

姉さんはセシリアさんを連れて、部屋から出ていく。

すると、リンが俺の肩をトントンと叩《たた》いた。

「マルス様」

「リン、どうしたの？」

「王族が、こんな一箇所にいて良いのですかね？」

「たしかに、主要人物が集中していますわ」

「やっぱり、みんなもそう思う？」

ヨルさんやマックスさん、ラビやシロまで頷《うなず》いている。

「しょ、正直申しますと……我々では荷が重いです」

「ヨル殿の言う通りです……面目ない」

「い、いや！　謝ることないから！　こっちが悪いし……ちょっと考えるね」

そうだよね、無理もない。

庶民が王族の警護を担当するとか……。

守られるような人達じゃないけど、それとこれとは話が別だし。

「というか……」

ライル兄さんはいつまでいるんだろ？

あれ？　そもそも、なんでいるんだっけ？

……まあ、良いや。

その後、俺は手紙を書く。

「ロイス兄さんに報告っと。まずは、ライル兄さんについてと護衛についてだね」

それが終わったら、リンとシルクと話し合う。

「それで、何から始めますの？」

「うーん……やりたいことが多すぎる！」

「それなら、優先順位を決めてみては？」

「そうだね、まずは整理してみよう」

俺は紙を用意して、思いつくことを書いてみる。

「まずは食料自給率の向上を目指して……」

「それは進んでおりますの。マルス様の魔法によって作物の育ちも良いですし、狩りの方も順調ですわ」

「ということは衣服類も解決に向かってると……住《す》み処《か》はあるし、賃金の上昇も解決に向かって……冒険者達も狩りの仕事や、村々の警護の依頼をしてるから不満も減ってきたし」

あれ？　……もしかして、意外と良い感じ？

「とてつもない速さで改革が進んでますわ」

「まだ一ヶ月と少しですからね」

「じゃあ……いよいよ、森を開拓していこうかな」

これから住民も増えていくし、魔物が来たらわかるように見張り台とか設置したり。
川への道を作って、サーモスをとったり……それをセシリアさんに譲らないとだし。
さて、ここからが本番だね！

二話

それから数日……。

いよいよ、明日から泊まりで調査に行くので、出かける準備をします。

庭にシロを呼び出し、ルリを抱いたシルクとともに、リンとシロを見守る。

「さて、シロ。貴方を引き取ってから一ヶ月が過ぎましたね」

「は、はいっ！」

この一ヶ月きちんとした生活を送っているからか、シロの身体《からだ》は急成長してきた。

薄汚れていた毛皮は白く綺麗《きれい》に、ガリガリだった身体にも少し肉がついてきた。

まだ十三歳だから、これからでも成長期には間に合うはずだ。

「なので、今日は試験を行います。料理以外にも、貴方には役に立ってほしいとマルス様が望んでいますから」

「師匠？」

「うん、君には新しい食材を探してほしいんだ。そのために俺の知識を覚えさせたからね。食べられる物や、料理に使えそうな物がよりわかるようにね」

「わぁ……そうだったんですね！　僕、頑張ります！」

俺は自分が知る食材の特徴を書いて、それをシロに渡している。

シロの鼻と料理の知識があれば、色々と発見できるかもしれないから。

そうすれば、もしかしたら……欲しいモノが手に入るかも。

「では、早速始めましょう。まずは闘気をまとえますか？」

「えっと……えいっ！」

ちなみに、人族には見えないが獣人族には闘気が見えるらしい。

獣人族には魔法は見えても、魔力が見えないのと一緒だ。

「ふむ、全体的にまとえてますね。では、かかってきなさい」

「——いきます！」

思ったより素早い動きで、シロがリンに迫る。

「ほう？」

「ヤァ！　エイッ!!」

シロの両手から繰り出されるパンチを、リンが片手で捌《さば》いていく。

「おーっと！　シロ選手の怒濤《どとう》の攻撃！　しかぁし！　リン選手は華麗な手捌きで受け流していく！　これが力量の差かァァァ！」

「な、何ですの!?」

「キュイ？」

二人が驚いているが……俺は構わない！

「シロ、腰が入っていませんよ？」

「こ、こうかな――ヤァ！」

「良いですね、その調子です」

シロは腰のひねりを入れつつ、拳を繰り出す。

「おおっと！　シロ選手の拳のスピードが上がったぁぁ！　だが、それでもリン選手には届かないイイ！」

「キュイキュイ！」

「ルリちゃんは真似《まね》しちゃダメですわよ？」

なんか、シルクの視線が冷たいけど……楽しくて止められない！

「次は、こっちからいきますよ――シッ」

「わわっ!?」

「今度はリン選手の拳の連打だァァァ！　シロ選手、辛《かろ》うじて受け止めている！　しかぁし――イタイ!?」

「うるさいです」

どうやら、リンに頭を叩かれたらしい。

えっ？　全然姿を捉えられなかったんだけど？

五メートルくらい離れてたのに、一瞬で間合いを詰めたってこと？

「まったく……シロ、今の動きが見えましたか？」

「は、はい！　追うだけなら……」

「ならば、ひとまず合格です」

「えっ!? で、でも、一発も当たらないのに……」

「今はです。大丈夫ですよ、シロなら強くなれますから」

「リンさん……はいっ！　リンさんも弱くて泣き虫だったたって聞きました！　僕も、頑張って強くなります！」

「へぇ？」

その瞬間――リンの顔色が変わった。

「やあ！　みなさん！　俺は用事を思い出したので――さらば！」

フハハッ！　戦略的撤退である！

「マルス様――どちらに？」

「ひぃ!?」

はやっ！　一瞬で回り込まれたよ!?

「何を話したので？」

「い、いやぁ～、昔話を少々……」

「ちょっと、裏に来てもらいましょうか？」

「お、俺は何も持ってないよ！　ほら！　チャリンチャリンしないでしょ!?」

「何を言ってるので？　ほら、行きますよ」

「ま、待って！　やめてぇぇ――！」

さながら……校舎裏でカツアゲされる者のように、俺は連行されるのでした。

ただ、色々と尋問されたけど……最後には、モジモジしながら……。

「は、恥ずかしいので……あまり言わないでくださいね？」

という、上目遣いのデレが出たので満足です！

その後、カツアゲ……じゃなくて、尋問から戻ってくる。

「確認するけど……リン、合格ってことで良いのかな？」

「はい、ゴブリン程度には引けを取らないでしょう。闘気さえ使えれば、オークとも戦えるはずです。シロ、よく頑張りましたね」

「あ、ありがとうございます！」

なるほど……闘気を使えることが、獣人にとっての一定条件なのか。

「そっか……シロ！」

「は、はいっ！」

「今回はついてきてもらうよ！」

「っ!!　が――頑張ります！」

「良い返事だね。じゃあ、明日はよろしくね」

「はいっ！　僕、お弁当作ってきますね！」

満面の笑みを見せて、走り去っていく。

「懐かしいですの」

「そうだよね」

「キュイ？」

ルリが興味深そうに首を傾《かし》げる。

やだっ！　うちの子可愛《かわい》い！

「リンもね、あんな感じでしたのよ？」

「し、シルク様!?」

「そうそう、俺が褒めるとはしゃいで……ナンデモナイデス」

冷たい視線が飛んできたので、俺は黙り込む。

アブナイアブナイ、また裏に連れていかれるところだった……。

「わ、私は……はい、そうでしたね」

「へっ？」

「貴方に褒められると、その日は一日中嬉《うれ》しくて……また、明日から頑張ろうって思ってました」

「ふふ、そうですわ。よく、報告を受けてましたから」

「そ、そっか……じゃあ、シロにとってはリンがそうなんだね」

その時、俺はすごく嬉しくなった。

だって……自分がされて嬉しかったことを、人にしてるってことだから。

あんなに泣き虫で弱かったリンがねぇ……。

シロもそうだけど、リンも成長してるんだね。

仕方ない、俺も頑張るとしますか。

三話

シロを見送った後、屋敷《やしき》の中を歩いていると……通路の向こうから声が聞こえる。

どうやら、ヨルさんとマックスさんが、ベアと何か話しているようだ。

「珍しい組み合わせだよね？」

「そうですの」

「何か、問題があったのかもしれません」

「キュイ？」

「ルリ、静かにね……少し、様子を見てみよう」

なんだろ？　悪いけど、少し聞き耳を立ててみようっと……。

俺達は曲がる直前で止まり、こっそりと話を聞く。

「なるほど、獣人の体術というのはすごいですな」

「そうです！　武器に頼る我々では難しい動きでした！」

「うむ、我々は武器を使うことが苦手だ。自分の身体が一番の武器だからだ。故に、闘気をまとった徒手空拳の戦いを基本とする。ちなみに、リン殿は特殊な例だ。お主達《ぬしたち》人族は、細かい作業が向いている。故に、武器の扱いが上手《うま》いのだろう」

ふむふむ、言い合いをしてるわけじゃないと。

それぞれの特徴を確認してるってことか。

「その体術を教えてもらうことはできますか？」

「おおっ！　ヨル殿！　名案です！」

「……獣人である俺に教えを請うと？」

「関係ありませんよ。マルス様の言う通りでした……話してみれば、何も我々と変わらないということを。ここのところ、貴方と接する機会が多かったので……それで気づきました」

なるほど……ベアは館の護衛のために、バーバラに残していくことが多かった。

その間に、交流してたってことだね。

「俺は多分……知らないから怖かったんだと思います。もちろん、俺達のしてきたことが許されるわけではないことは」

「もういい」

「そ、そうですか」

「……主人にも言ったが、俺は人族を許さない。だが、人族全部を憎むのは辞めた。獣人にも悪い奴もいれば良い奴もいる……人族も同じだと気づいたからだ」

ベア……そうなんだよね。

そんな当たり前のことをわかってない人が多すぎるんだよね。

「で、では……？」

「俺で良ければ体術の稽古をつけよう」

「あ、ありがとうございます！」

「これで、マルス様の力になれる！」

「ああ、任せてくれ。ただ……俺に人の優しさを教えてくれた主人のためというなら——手加減はしないぞ？」

「『望むところです!!』」

……二人とも、昨日の会話を気にしてるのかも。

護衛が、自分達には荷が重いって……。

「『マルス様……』」

「うん、来た道を戻ろ。この話は聞かなかったことにして」

「キュイ」

全員が頷き、静かにその場を離れる。

遠回りするため、厨房《ちゅうぼう》の前を通ると……ラビとシロが厨房から出てくる。

「あっ！　ご主人様！」

「師匠！」

「二人して何してるの？」

「明日のお弁当を作ってます！」

「わたしもお手伝いです！」

この組み合わせを見てると、とっても癒《いや》されるよね。

「あら、偉いですわ」

「ええ、明日が楽しみです」

「えへへ、頑張ります！」

「わたし、おにぎりってやつを作ります！」

「おおっ！　楽しみだね！」

俺がメモに書いた甲斐《かい》があった！

魚はまだないけど、漬け物や肉はあるし……楽しみだ。

その後、二人は仲良くお喋《しゃべ》りして、再び厨房に戻っていく。

「やっぱり、年が近いから仲良いね」

「少し、シロのがお姉さんですけど」

「ふふ、癒されますの」

「キュイ！」

うんうん、犬耳とうさ耳の少女の戯れ……ほんわかするよね。

再び歩き出すと、食堂から大きな声がする。

この声は、ライル兄さんとレオだ。

「クソォォ！　姉貴の奴！」

「まあまあ、落ち着くと良いっすよ」

「なんで楽しくお茶してんの!?　俺もしたい！」

「別に、交ざればよくないっすか？」

「いやよぉ、一度やってみたは良いが……姉貴とお茶とか無理無理！　そんなん……ブルブルしてお茶こぼすわ！」

「ハハッ！　それもそうっすね！」

「笑うなっての！」

ふんふん、レオと兄さんは相性いいかもね。

二人とも豪快というか、細かいことは気にしないし。

お馬鹿さん……おっと、悪口になるからこれ以上はやめとこうっと。

「おっ！　マルス！」

「あらら、気づかれちゃった」

「マルス様、私達は先に戻りますね」

「ん？　……ああ、そういうこと」

シルクの腕の中で、いつの間にかルリが寝ていた。

「ピスー……プス～」

「可愛いですの。私もいつか……はぅ」

「はい？」

「な、何でもありませんわ！　リン！　行きますの！」

「はいはい、わかりましたよ」

二人は仲良くお喋りしながら、去っていく。

あの二人も、相変わらず仲良いよね。

「あれ？　もしかして……俺はボッチなのでは？」

リンとシルク、ライラ姉さんとセシリアさん。

ライル兄さんとレオ、シロとラビ。

そしてベアは、ヨルさんとマックスさんと。

ルリは、みんなから可愛がられてる。

あれれー？　……マルス君だけボッチです！

それに気づいた俺は、ライル兄さんに突撃する！

「にいさーん！」

「うおっ!?　どうした!?」

「俺だけボッチですよ！　ひどくないですか!?」

「あん？　何わけのわからんことを……」

「ボスッ、どういうことです？」

俺は思ったことを伝えてみる。

「ククク……」

「プププ……」

「二人とも？」

「「くははっ!!」

「なんで二人して笑うの!?」

もしや、みんなして俺をハブにしてるの!?

「何を言ってるんだか……」

「ほんとっすよ。まあ、ボスらしいっすけど」

「それもそうだな……まあ、気にすんな」

「そうっすよ。ボスは、そのままでいいかと」

「う、うん？　よくわからないけど……そう？」

食堂から出た俺は……釈然としないまま、一人で廊下を歩いていく。

結局、どういう意味だったんだろう？

四話

その後、自室に戻って……リンやシルクにも同じことを言ったら、笑われてしまった。

うーん、マルス君は疎外感を感じます。

とりあえず、気を取り直して……。

「じゃあ、メンバーを決めようか」

「まずは私ですね」

「今回は、私はお留守番ですの。セシリアさんやライラ様と話し合いをするので」

「うん、お願いするね。じゃあ、リンとシロとラビ、ベアとレオで行くか」

「ええ、それが良いかと。シロも、以前よりは足手まといにはならないでしょう」

「キュイ！」

ルリが、俺の周りをパタパタ飛んでアピールする。

ドラゴンとはいえ、まだ生まれたばかりだしなぁ。

「ルリは連れていけないよ。今回は、割と奥まで行くつもりだし。君は、まだ弱いからね」

「キュイー……」

「ルリちゃん、今回は私とお留守番してましょう？」

「キュイ……」

それでも、ルリは不満げな表情に見える。

成長したから、色々とやりたい年頃ってやつかな？

たしか、何か課題を与えると良いって、前の世界で聞いたことあるな。

「ルリ、君にはシルクの護衛を命じる」

「キュイ？」

そのつぶらな瞳で、俺をじっと見つめてくる。

これは、嘘《うそ》は通じないな……じゃあ、嘘を言わなきゃいい。

「俺の大事な女の子だから、守ってほしいんだ……できるかな？」

「ひゃい!?」

「キュイ？」

なんか、シルクがモジモジしてるけど……まあ、今はいいや。

「シルクはね……家族以外で、俺にとって初めてできた理解者なんだ。こんな俺を、ずっと見捨てないでいてくれた」

「マ、マルス様……」

「キュイー」

そうだ、言葉にして思い出した。

俺がダラダラしてても、みんなに馬鹿にされても……彼女だけが、俺を庇《かば》ってくれた。

俺はそれに甘えてばかりで、彼女に何も返せていない。

「ルリ、シルクを守ってほしいんだ。俺がいない時に、その代わりにね……できるかな？」

「キュイ！」

どうやら、わかってくれたらしい。

「よし！　良い子だっ！」

「キュイキュイ！」

両手で持ち上げ、部屋の中を走り回る。

「マルス様……えへへ、嬉しいです」

「ふふ、良かったですね」

儚《はかな》げに微笑《ほほえ》んでいるシルクを横目で見て、何か重大なことを忘れているような気がした。

「あっ……リン、ちょっといい？」

シルクが自分の世界に入ってる間に、リンに耳打ちをする。

「どうしたんですか？」

「シルクとお出かけしてない……どうしよう？」

出かけようって誘ったのに、未《いま》だにしてないや。

「そういえば、何日か前に言ってましたね……」

「い、今から誘っても遅いかな？　明日には、泊まりで出かけるかもだし」

「なるほど……では、今すぐに誘ってください。帰ってきたら、出かけようと」

「わ、わかった……ガンバル」

お、女の子をデートに誘うって……どうすりゃ良いの？

えっと、前世の俺は関係なく、マルスとして普通に誘えば良いよね？

「シルク」

「マルス様？　どうしましたの？」

「あ、あの！　お、俺と……」

だ、だめだ！　言葉が出てこない！

「あのぅ……？」

俺を下から覗《のぞ》き込《こ》んでくるシルクは……あざとい！

両手は後ろで組んでるし、上目遣いだし！

というか……俺、こんなに可愛い子にデート申し込んで良いの？

「シルクってば、綺麗な銀髪してるし、顔も可愛いし、スタイルも良いし……」

「ふぇ!?　な、なっ――!?」

「あれ？　……声に出してた？」

「はい、思いっきり」

「キュイー！」

「あうぅ……」

はぁ……我ながらなんと余裕のないこと。

前世の記憶がない方が、シルクに対しては良かったのかもしれないなぁ。

昔は、どうやって誘ってたっけ？　……いや、誘ったことない？

◇

そうだ、いつも俺がダラダラしてると……。

「マルス様！」

「やあ、シルク。今日も元気だね」

「マルス様は、相変わらず怠けてますの？」

「うん、見ての通りさ。ソファーという悪魔の発明をした人が悪いね」

「また、そういうこと言って……お出かけしますわ！」

「えぇ～めんどく」

「行きますの！」

「仕方ないなぁ」

そうだ……そうやって、俺を無理矢理外に連れ出してくれた。

「マルス様は、何がしたいですの？」

「何もしたくないよ？」

「そうですか……」

「いや、そんな暗い顔しないで。シルクには笑った顔が似合うよ」

「もう！　そんな顔にさせてるのは誰ですか！」

そうだ……いつも、叱られていた。

「はい、俺ですねー」

「マルス様は優しいし、頭も悪くないのに……」

「別に、婚約破棄したくな」

「しませんわ」

「シルク……」

「私は、マルス様を信じてます」

「……そう」

我ながら最低だ……彼女が、励ましてくれてたのに。

◇

だから……今度は、俺から言わないと。

「シルク！」

「は、はい？」

「調査から帰ってきたら——俺とデートしてください！」

「ふぇ!?　あぅ、えっと……はぃ」

よし！　言えた！　俺、頑張った！
……あれ？　なんか、死亡フラグっぽくない？
いやいや、ここは異世界だし！
どうしよう……今更取り消せないよね？

五話

そして翌朝、バーバラの入り口でみんなに見送られる。

「マルス、平気？　私もついてく？」

「俺も行くか？　今回は回復役もいないし……」

「だから、平気ですって。というか、二人に何かあったら……俺がロイス兄さんに怒られちゃうよ」

「あら、生意気なこと言って……ふふ、大きくなって」

「ちょっ!?　頭を撫《な》でないで！」

みんなの視線が生暖かいから！

はい……少し恥ずかしいお年頃です。

「ははっ！　撫でやすい頭で良いな！」

「ちょっと!?　兄さんは乱暴すぎです！」

「アンタも撫でる？」

「へっ？　い、いや、俺は……」

「良いから、撫でさせなさい――跪《ひざまず》きなさい」

「ぐぅぅ……オノレェエ」

呪詛《じゅそ》のように言葉を吐いて、兄上が膝をつく。

さながら、女王に謁見するかのように。

「本当にでかくなって……」

その量のある硬い髪を、姉上が撫でる。

「お、おい？　どういう罰ゲームだ？　そうか！　俺を辱めるのが目的か！」

「ふふ、どうかしら？　小さい頃は、こうやって撫でてあげたんだけどね」

「……覚えてるよ」

「あら？　そうなの？」

「ああ、寝る前にしてくれて……マルスが生まれた時、少し嫉妬したくらいにはな」

そっか……俺が生まれたから、兄さんは末っ子じゃなくなったんだ。

「おっと、マルス。勘違いするなよ？　最初こそ、あれだったが……お前が俺の手を握って笑ってくれた日から、そんな思いはなくなったぜ。可愛い弟ができて嬉しかったんだよ」

「兄さん……」

「この姉貴からも解放されるしな。ところで……いい加減、状況を説明してくれ」

たしかに、何でこのタイミングで？

「別に意味なんてないわ。たまには、お姉ちゃんらしいことしようと思っただけよ」

「んだよ、それ……わけわかんねえ」

すると、姉さんはセシリアに視線を向ける。

「セシリア」

「何だ？」

「この通り……バカでガサツな弟だけど、一応可愛い弟なのよ」

「おい？　姉貴？」

「うむ……」

「そんなわけで、お茶でも付き合ってくれると助かるわ」

「へっ？　あ、姉貴？」

なるほど……ある意味、姉さんらしいや。

「そうそう！　兄さんはアホですけど、真《ま》っ直《す》ぐでカッコいい人なんです！」

「おいおい、マルス……」

「ふむ、私は別に構わないが」

「ほら、アンタ……しっかりやんなさい。大丈夫、兄さんには私から上手く言っておくわ」

「姉貴……」

「まあ、アンタがフられるのは目に見えてるけどね」

まあ、素直じゃないこと……この辱めも、照れ隠しってことだよね。

「けっ……うし！」

ライル兄さんは自分の頬を叩き、セシリアさんの前に立つ。

「セシリアさん！　俺とお茶してください！」

「う、うむ……やぶさかではない」

「よっしゃ！　で、では、行きましょう」

そう言って、二人が歩き出す。

「姉さんも素直じゃないね」

「何のことかしら？」

「ううん、何でもない。ライラ姉さんが、俺の姉さんで良かったよ。みんなの優しいお姉さんだもんね」

「な、何よ……別に、私は……」

すると、シルクとリンが姉さんの両手をそれぞれ握る。

「そうですよ、ライラ様。母が亡くなり、家族が男性しかいない私を、貴女《あなた》はお姉ちゃんって呼んでと言ってくださいましたわ。それが、どれだけ嬉しかったか……」

「奴隷である私を、貴女は大事なマルス様の側《そば》に置くことを許してくださいました。僭越《せんえつ》ながら……私も、そのように思っております」

「……ふん、そんなの当たり前じゃない。貴女達は、私の妹よ……お母様、ずっと欲しかったものは……もうあったわ」

そうだよなぁ……よくよく考えたら、シルクやリンにとってもお姉ちゃんなんだよね。

ロイス兄さんに近づく、ろくでもない女を排除したり。

ライル兄さんに、無理矢理礼儀作法を教えたり。

俺に優しく、時に厳しくしてくれた。

姉さんも幸せになってほしいなぁ……誰か、良い人いないかな？

◇

はぁ、どうして……こう問題ばかり起きる？

しかも、どいつもこいつも恋愛ごとばかり……。

いや、俺も人のことは言えないか。

今は戦争もなく、国の情勢も落ち着き、比較的平和だというのはわかるが。

「俺が行く」

「いやいや〜近衛《このえ》騎士が国王様から離れるとか……バカなの？」

「何を言う。王妹であるライラ様をお守りするのも近衛騎士の役目だ。何より、お前みたいな軽薄な男を、ライラ様や他国の王女に近づけさせるわけにはいかない」

呼び出したオーレンの息子ゼノスと、近衛騎士バランが言い争っている。

この二人とライルは同じ士官学校の同級生で、よくつるんでいたな。

発端は、マルスとライラの手紙だ。

マルスとライラの両方から、護衛についての手紙が届いた。

たしかに平民ばかりでは大変だろうということで、誰か派遣しようとしたのだが……。

「まいりましたな」

「すまぬな、オーレン」

「いや、こちらこそ申し訳ない。愚息は、要領も良く優秀ですが……あの通りなもので」

「お主とは正反対だな？」

「……ですが、人を見る目はたしかです」

「ふむ、お主が言うならそうなのだろう」

宰相以外には誰にも言ってないが、ライラには縁談がいくつか来てる。

俺が結婚したことと、マルスが出ていったことが原因だろう。

ライラが身軽になって、今なら申し込めるのではと。

しかし、ライラが嫌がることはわかっていた。

それもあって、ひとまずライラを辺境に送ったが……。

「はぁ……結局、妹もか」

父上、母上、長男は辛《つら》いよ……。

でも、可愛いあいつらのためにお兄ちゃんは頑張るとしよう。

六話

みんなに見送られ、俺達は森の中へと進み……。

「領主様！　ここら辺は安全です！」

「あっちには他の連中も行ってます！」

道中で、冒険者や兵士達と出会う。

もちろん、獣人と人族の混合パーティーだ。

一応決まりとして、五人組で編成するように命じている。

魔法使い一人、獣人二人、人族二人って振り分けだ。

「ありがとう！　じゃあ、あっちに行ってみる！」

「「お気をつけて!!」」

うんうん、上手くやってるようで良かった。

森の中も、以前はまったく先が見えなかったし、景色が変わらなかった。

でも今は先も見えるし、所々人の手が入ってるから変化している。

「この辺りなら、建物も作れそうだね」

「そうですね」

「ボス、こんな手前に作ってどうするんで？」

「いや、今のままだと……もし魔物が攻めてきたら、一番に被害を受けるのは獣人達が暮らすエリアだからさ」

獣人達の暮らすエリアの真後ろには、魔の森が広がっている。

高い外壁を超えることはないだろうけど、壊すことは可能だと思う。

それに、万が一ってこともあるし。

「主人よ、感謝する」

「師匠！　ありがとうございます！」

「ご主人様～！　すごいです！」

「いやいや、領主として当然のことさ……あれ？　今、それっぽいこと言わなかった？」

「主人よ……それさえなければな」

「ボスは一言多いからなぁ」

「むむっ……君達、尊敬が足りないんじゃない？」

最近、ベアやレオまで扱いが雑になってきた気がするなぁ。

「えへへ、僕達は尊敬してますよ！」

「はいっ！　わたしもです！」

「ウンウン、君達はいい子だ。あんな大人になってはいけないよ？」

「マルス様にだけは言われたくないですね」

「ウンウン、姐《ねえ》さんの言う通りっす」

「まったく、愉快な主人だ」

アレ？　たしかに……盛大なブーメランが返ってきた気がする。

その後、魔物に出会うこともなく……川に到着する。

冒険者や兵士達が、きちんと仕事をしている証拠だね。

「さすがラビだね」

「えへへ～」

川の流れの音を感じられるほどの聴力を持つのは、兎族《うさぎぞく》くらいらしい。

やはり、草食獣だからなんだろうか？

「他の兎族も、こんなに耳が良いの？」

「う～ん……多分、わたしは特に耳が良いみたいです」

「へぇ？　そうなんだ」

「実は……ご主人様がセレナーデ王国に行ってる時、ライラ様に言われたんです」

「うん？」

「わたし、戦う時に闘気は使えないんですけど……その闘気ってやつを聴力強化に使ってるんじゃないかって……」

ハァ～相変わらず、色々思いつく人だなぁ。

「僕も色々聞かれました！」

「俺もだな。体術や闘気を使う時のイメージなど……考えたこともなかったが、効率が良くなった気がする」

「そういえば……私の場合は、目に闘気を使っていると言われました」

「へっ？　そうなの？」

「ええ、この間言われました。何でも、私の見切りは異常らしいとのことで」

「たしかに……どんな攻撃も避けるし、カウンターを決めるもんね」

流石は、研究者としても一流の人だなぁ。

ここなら獣人達も、快く教えてくれるから研究も捗《はかど》るのかもしれないね。

「ベアの頑丈さ、リンの俊敏さ、レオの怪力、ラビの耳、シロの鼻……獣人でも、それぞれに特性があるってことだね。俺達が使う四種類の魔法のように」

「そういう考え方もできますね」

さて、川に到着したけど……。

「主人、どうする？　またサーモスを探すか？」

「そうだね……もちろん、それも欲しい。でも、帰りで良いかな。まずは先に進もう。リン、この先は山になってるのかな？」

「おそらく、そうですね」

「じゃあ、調査のついでに探し物をしよう。えっと……」

俺はみんなに探し物の特徴を教え、川沿いの道を上っていく。

川沿いの道幅が広くなってきた頃……。

「主人、魔物がいる」

「えっと、ゴブリンとオークか」

「良い機会ですね。シロ、貴女が仕留めなさい」

「は、はい！」

「じゃあ、オレがフォローするぜ」

「お、お願いします！」

俺達は立ち止まり、そこで様子を見る。

「グキャー！」

「ブルァ！」

「こ、怖くないもん！」

一直線にシロが駆け出し、その勢いのまま——

「ヤァァァ！」

「グケェ!?」

素手でゴブリンの腹を貫く！

「ブゴォ！」

「遅いよっ！」

「ブルァ!?」

華麗なステップで、オークの槍《やり》を躱《かわ》し——同じように腹を貫く！

「おおっ！　すごい！」

「ふふ、やりますね。どうやら、自分の技を身につけたようです」

シロがやったのは、貫手ってやつだ。

指先をピンと伸ばして、貫通力を高める技だ。

おそらく、指先に闘気をまとっているのだろう。

そして……五体いたが、結局シロ一人で倒すことができた。

「ぼ、僕が？」

「おいおい、助ける必要がなかったぜ」

「シロ、良くやりましたね」

「シロちゃん！　すごいです！」

「ほう？　見違えたな」

俺はシロの方に歩いていき、優しく頭を撫でる。

昔、リンにしたように。

「シロ、頑張ったね」

「あ、ありがとうございます！」

「よし、じゃあ……先に進もうか」

魔石を回収して、再び川沿いの道を上っていく。

それからしばらく経《た》つと、前を歩いているベアとシロが立ち止まる。

「むっ……主人よ」

「師匠！」

「どうしたの？」

「血の匂いがする……」

「はぃ……それも濃い匂いです」

まず確認することは……。

「ラビ、争ってる音は？」

「……聞こえないです」

「死体があるか、誰かが戦った後ってことか……もしくは、冒険者達かも」

「確認する必要がありますね」

「うん、そうだね。全員、隊列を整えよう」

頑丈なベアを先頭に、リン、俺、ラビ、シロ、レオの並びで慎重に進んでいく。

ジャングルのような森の中……静けさが支配する。

「……なんだ？」

「嫌な感じですね」

「リン？　ベア？」

「マルス様、私の側に――シッ！」

「うわっ!?」

リンが振り返ったと思ったら、いきなり抜刀した！

「主人！」

「ラビ！　シロ！　オレから離れるな！」

そして、すぐにベアが俺を引っ張る。

「なに!?　どうした……うげぇ……」

俺の視線の先では……リンが、どでかいカマキリと鍔迫《つばぜ》り合《あ》いをしていた。

七話

……なんだ？　あれ？

「気持ち悪い……」

前の世界でも、虫が大きくなったらみたいな番組を見たことがある。

その時は『へぇ、そうなんだ』くらいにしか思ってなかった。

だが、こうして間近で見ると……生理的嫌悪感が尋常じゃない。

「キシャー！」

「くっ!?」

大きな二本の鎌。

軽く二メートルを超える緑色の身体。

口からは液体が溢《あふ》れ落《お》ち、口元がニチャニチャ音を立てている。

あれなら……人の頭くらいなら、丸かじりできるだろう。

「あれ？　もしかして……俺って危なかった？」

丸かじりされそうになってた？

「いや～……リンがいてくれて良かったよ」

しかし、不思議と恐怖心は感じていない。

死が間近に迫っていたというのに……。

そっか、みんなを信頼してるからか。

何より、リンなら守ってくれると……男としてはどうかと思うけどね。

「じゃあ、少しはカッコつけないとね。リン！　魔法を撃ち込むから隙を作って！」

すると、リンは強い視線を向けて……。

「マルス様！　ここは私に！」

「へっ？　そ、そいつ、結構強そうだよ？」

「だからです！　私は——強くならなくては！」

その声は、とても真剣なものだった。

どうやら、何かわけがありそうだけど……。

「わかった！　ただし、危ないと思ったら手を出すからね！」

「感謝します！」

「みんなもいいね!?」

それぞれが頷き、リンの戦いを見守ることにする。

◇

マルス様をお助けできるように、常に細心の注意を払っていたが……。

こいつは緑色の身体で擬態をしていたので、気づくのが遅れてしまった。

もし、気づくのが遅れていたら……考えたくもない。

私の大事な方を丸かじりしようとするなんて許さない――万死に値する！

「シッ！」

「キシャー！」

くっ、強い……！

二本の鎌から繰り出される攻撃は、鋭く凶悪だ。

刀で受け止めたら、おそらく折れてしまう。

上手く、受け流さなくてはいけない……！

「キシャー！」

「チッ！」

二本の鎌が交互に襲ってくる！

だが、二本同時には襲ってこれないようだ。

「ならばっ！」

「キシャー!?」

一本の鎌を弾くと、その反動で自分の刀が戻る。

素早く刀を一閃《いっせん》し、迫りくる二本目の鎌も弾く。

「そうだ……私は強くならないといけない」

シルク様のようには、私は役に立つことができない。

強さならベアやレオも、徐々に私に近づいてる……負けられない。

何より、腹が立つことがある。

「……バカか、私は――何のために強くなったのだ？」

いつの間にか、マルス様の力をあてにしている自分に腹が立つ！

命の恩人である、あの方をお守りするため……お世話になった恩に報いるため。

そして、大好きなマルス様と一緒にいるため！

強くない私は、一緒にいる資格がない！

炎狐族《えんこぞく》の血よ！　最強というのなら――今すぐ出てこい！

「キシャー！」

「――虫ごときが！」

刀を一閃し、鎌を弾《はじ》き返《かえ》す！

「ギャシャ!?」

なんだ？　身体が熱い……燃えそう。

「キシャー！」

今なら……いけます！

「シッ！」

「ギャシャ!?」

一本の鎌を根本から斬り裂く！

「ギシャー！」

「くらえ――炎刃！」

私の袈裟《けさぎ》斬りは、もう片方の鎌ごと身体を斬り裂いた。

「ギ……ギャ……ガァ……」

「ふぅ……何とかなりましたか」

それにしても、今のは？

何か、とてつもない力が発揮されましたが……。

刀は折れないし、敵の動きが手に取るようにわかりましたし。

いや、今はそんなことはどうでも良いですね。

「マルス様」

「リン、すごかったね！」

「お怪我はありませんか？　何処《どこ》か痛くないですか？」

「もちろん、リンが守ってくれたからね」

「ふふ、もちろんですよ」

「いつもありがとね」

そう言って、私の頭を撫でて……微笑んでくれる。

そうか、私は褒められたかったのかもしれない。

シロやシルク様、ラビ達に嫉妬していたのかも。

やれやれ、カッコいい女性への道は遠いですね。

でも、今は……この感触を感じていたい。

◇

何やら、リンの様子が変だね。

頬が赤くなってるし、モジモジしてるし。

「えっと、もういいかな？」

「はい、満足です」

尻尾がブンブンしてる……可愛い。

よくわからないけど、喜んでいるなら良いか。

その後、血の匂いの元に行くと、魔獣の死骸がいくつもある。

「なるほど、罠《わな》ですか」

「へっ？」

「ああ、そういうことだろう。血の匂いを撒《ま》き散《ち》らして、我々の鼻や精神状態を惑わせ……引き寄せられてくるのを静かに待ち構えるということだ」

そういえば、前の世界でもそういう生き物はいたね。

「うわぁ……怖いね」

「主人よ、帰るか？」

「ううん、まだ来たばかりだし。それに、調べる必要もあるよ。他の人に注意点とか、攻略法を教えてあげないと」

こんなのが何匹もいたら、開拓どころじゃないし。

「ボスッ！　よく言ったぜ！」

「うむ、それでこそ我が主人だ。だが、無理はしない方がいい」

「僕も、気をつけます！」

「わ、わたしも！」

「そうだね、みんなで気を引き締めよう！」

そこでふと気づく、リンが黙っているのを。

「リン、どうしたの？」

「いえ……マルス様、私は必要ですか？」

「うん？　もちろんだよ。何を当たり前のこと言ってるのさ？」

「当たり前ですか……」

もしかして、以前言ったことを気にしてるのかな？

逃げても良いよって言ったことを……でも、なんで今更？

いや、そんなことはどうでもいい。

「そうだよ。リン、勝手にいなくなったら怒るからね」

「……はい、いつまでもお側に」

そう言って、微笑んで……俺の肩に寄りかかってくる。

良い匂いがするけど……シルクとは違って、なんだか安心する。

八話

そこから、さらに森の中を進んでいき……。

「そろそろ、休憩にしましょう。ちょうど、この辺りはひらけていますし」

「うん、そうだね」

「お弁当の出番ですね！」

「わたし達、作りましたよ！」

二人の明るさを感じると、心が温まるなぁ。

いつものように土のドームを作り……。

「では、俺とレオで見張りをしよう」

「ボスは休んでください」

「うん、ありがとう」

その言葉に甘えて、お手製の椅子に座る。

「師匠！　僕はブルズのおにぎりを作りましたよ！」

「ご主人様！　わたしは、シーサーペントのおにぎりです！」

「おおっ！　まさしく俺が待ち望んでいたものだ！」

今までもおにぎりはあったが……なんと、海苔《のり》がなかったのだ！

それでは、真のおにぎりとは言えない！

我慢できずに、俺はブルズのおにぎりを取り……。

「では、いただきます――ァァァ！」

「へ、平気ですか？」

「うめぇよ～おっかさん！」

白米に染み付いた甘辛のタレ。

パリッとした海苔の食感。

絶妙な塩加減と、柔らかいブルズのバラ肉……最高です！

「はい？　母上様が作ってたので？」

「あっ、ごめん。そういうアレじゃないんだ」

何となく、おにぎりって母親のイメージだったし。

俺は前世も今世も含めて、母親の記憶はなかったんだった。

「『お母さん……』」

あれ？　シロとラビがしょんぼりしている……。

「どうしたの？」

「二人には、両親の記憶がないそうです。もちろん、私もですが……ベアとレオにはありますが、それが良いとは限らないですし」

たしかに、元からいないのも寂しいけど……別れるのも、寂しいよね。

「ごめんね、二人とも」

「い、いえ！」

「だ、大丈夫です！」

「よし！　今日から俺がお母さんだ！」

「「ええっ!?」」

すると、頭を軽くはたかれる。

「何を言ってるんですか」

「ありゃ……すみません」

「えへへ……でも、嬉しいです！」

「わたしも！　だって、あの屋敷に住んでから寂しくないもん！」

そして、二人が顔を見合わせ……。

「「でも……師匠（ご主人様）はお兄さんって感じです！」」

「おおっ！　妹よ！　今日からお兄さんって呼んでも良いよ！」

「ややこしいからやめてください」

「おやおや？　嫉妬かな？」

俺が二人に視線を向けると……。

「お、お姉さん！」

「お、お姉ちゃん！」

「な、何を言うのですか！」

「「ふえっ⁉」」

二人が悲しそうな顔をする。

「ち、違……」

「大丈夫だよ、ただ照れてるだけだから」

「ほんとですか？」

「そうなんですか？」

「……好きにしてください」

リンの尻尾は揺れているので、嬉しいに違いない。

そっか……みんな、親がいないんだよね。

「まあ、兄さんとか姉さんとかは置いといて……俺達は、一緒に暮らす家族みたいなものだね。まだ会ったばかりだけど、過ごした密度は高いし」

「家族……僕が？」

「わたしも？」

「そうですね、それは合ってるかと」

「えへへ～」

「嬉しいです！」

その笑顔を見た俺は、土のドームの外に向かって……。

「二人もだからねー!?」

「くははっ！」

「ボス、聞こえてますよ！」

二人からも喜びが伝わってくる。

美味しいご飯と、気心知れた仲間……幸せな気分になるよね。

その後、ベアとレオにも食べてもらって……。

「じゃあ、調査再開といこうか」

再び川沿いの道に戻り、上っていく。

「結構奥の方まで来てるけど、まだまだ先がありそうだね」

「そうですね。今回は道も整備されてますし、真っ直ぐに進んでいるだけですから……おそらく、未知の領域まで来てるかと」

「そっか……じゃあ、ますます気をつけないとだね。リンにばかり負担はかけられないし」

「ふふ、良いんですよ。私の好きなことですから」

「リンは俺に甘いなぁ」

そのまま歩いていると……。

「あれは？　……まさか！」

「マルス様！　一人では危険です！」

「おっと、そうだった……アブナイアブナイ」

駆け出そうとしたら、リンに止められてしまった。

「まったく……どれですか？　一緒に行きますから」

「うん、お願い。じゃあ、みんなもついてきて」

はやる心を抑えて、慎重に近づく。

草の形状、条件ともに一致してる。

綺麗な川、豊富な水源、山の中の涼しい場所。

「リン、あれを抜いてみて」

「あの草ですか？　……わかりました」

リンが、その草を引っ張ると……。

「出た！　間違いない――わさびだ！」

「はい？　これなんです？」

「わさびだよ！」

「いや、だから……もう良いです、いつものことですね」

「うぉぉぉ!!　これで本物の寿司《すし》が食えるぞォォ――!!」

蕎麦《そば》なんか作っちゃったりして！　天ぷらとか良いね！

いや……オルクスを炙《あぶ》ったやつをわさび醤油《じょうゆ》で食べるのも良い！

「ボス、あっちにいっぱい生えてますぜ」

「おおっ！　ほんとだ！　レオ！　あるだけ担げる!?」

「へいっ！　オレに任せてください！」

みんなで協力して、レオが背負っている籠の中に入れていく。

「ふぅ……こんだけあれば良いかな。この道順を覚えておかないと」

「大丈夫です！　わたし、やってますから！」

ラビはシルクから色々と教わっているようだ。

ドジっ子だけど、意外と頭は良いらしい。

「さて、どうします？　今なら、ギリギリ日が暮れる前に帰れますけど」

「うーん……いや、もう少し山を登っていこう。そこから森を見下ろして、何がどうなってるのか確認しておこう」

俺の目的は果たしたけど、まだ調査したとは言えないし。

できれば領主として、目的のモノが見つかると良いんだけど……。

九話

その後、山を登っていき……。

森を見下ろせるくらいの場所に到達する。

「随分と来ましたね」

「はぁ、はぁ……ここら辺にしとこうか」

辺りも暗くなってきたし……。

俺以外は元気だけど、俺の体力が限界だった。

高い崖なんかはおんぶしてもらったけど、なるべく歩くようにしたし。

「では、あの洞窟で一休みしましょう」

「うん？　山の斜面に洞窟が見えるね」

「ええ。ベア、レオ、中を調べてください」

「おう」

「へい！」

二人に任せて、俺は休憩をとる。

「ん？　あれってバーバラかな？」

「ええ、多分そうですね」

見晴らしの良い場所から、一箇所だけ明るい場所が見える。

それだけ、山を登ってきたってことだろう。

といっても、まだまだ森は広く……全容は見えてこないけど。

「わぁ……綺麗ですね！」

「光ってるよぉ～！」

兎犬コンビは、今日も可愛いなぁ。

「主人！」

「ボスッ！　警戒をしてくれ！」

振り返ると、レオとベアが慌てて走ってくる。

「どうしたの!?」

「卵があった！」

「多分、魔獣の巣になってますぜ！」

次の瞬間――甲高い声が鳴り響く！

「グキャャャャ――!!」

「くっ!?」

「ラビ！　シロ！　上です！」

「ふぇっ!?」

「わぁ～!?」

リンの視線の先には、翼竜が飛んでいた。

「ワイバーンですか！」

「シロ！　ラビ！　早くこっちに！」

「あわわ……」

「こ、腰が……」

「ガァー！」

翼竜が、明らかにシロとラビを狙っている……俺は瞬時に判断する。

「家族に手を出すなよ――ウインドカッター」

「ガァァ!?」

素早い！　咄嗟《とっさ》に上昇して躱した！

でもそれ以上に、暗くて見えづらい！

「でも、隙は作ったよ」

「十分です！」

リンが駆け出して、二人を担ぎ……すぐに戻ってくる。

「ご、ごめんなさい……」

「び、びっくりしましたぁ……」

「仕方ありませんね。ワイバーンはC級ですから」

「なるほど、かなり強いってことだね」

「平気か!?」

「ボスッ！」

ひとまず、全員が揃《そろ》う。

「どうします？」

「攻撃できるのは俺だね。じゃあ、少し溜《た》めるからその間護衛よろしく」

「お任せを」

目を閉じて集中……。

簡単な魔法は避けられるし、ダメージも大したことなさそうだ。

強力かつ明るい魔法……それでいて、避けられても問題ない魔法を……。

「燃やし貫けヒートレーザー《灼熱の熱線》」

両手で三角を作り、そこから魔法を発動させる！

「ガァ!!」

「上に避けましたよ！」

「問題ないよ——今なら見える！」

魔法を維持したまま、避けた方向に三角を向ければ……。

「ゲギャャ!?」

片方の翼を炎の熱線が切断する！

そして、地面に落ちてくる。

「リン！」

俺が言う前に、すでにリンは駆け出していて……。

「シッ！」

「ガ……」

居合い斬りによって、ワイバーンの首を落とした。

「見事な連携だ」

「まだ、オレ達にはできないっすね」

「す、すごいです！」

「ご主人様が言う前に走り出してました！」

すると、得意げな表情をしたリンが戻ってくる。

「ふふ、まだまだ譲れませんからね。戦いにおいての、マルス様の一番の護衛は」

「うん、頼りにしてるよ」

「はい、これからも頼ってください」

その後、死体の前に集まり……。

「さて、どうしようか？」

「多分、こいつの巣だったのでは？」

「やっぱり、そうだよね」

「あの洞窟の奥には、卵以外はなかった」

「じゃあ、洞窟内の方が安全かも。今みたいに空から来るやつもいるし。とりあえず、洞窟内で一夜を過ごそうか」

全員が頷き、洞窟内に移動する。

「蓋をしておくかな——アースウォール」

上の方に隙間を空けて、土の壁を洞窟の入り口に作る。

「これから大型魔獣も入ってこれないし、空気も平気でしょ」

「ボスッ、助かりやす」

「ああ、見張りが楽になる」

「たまには、二人にもゆっくりさせてあげたいしさ」

「ボス……」

「主人……」

「ほ、ほら！　奥に行こう！」

なんか、温かい視線を感じたので……照れくさいです。

二人の言う通り、奥には巣があった。

「卵が二つあるけど、かなり小さいね」

「ルリより小さいですね」

「あれが、あんなに大きくなるんだ」

つまり、ルリが成長したらどうなるんだろう？

ワイバーンで二メートルくらいあったから……恐ろしいね。

「ひとまず、卵は持ち帰るとして……どうしよう？」

ワイバーンは大きいけど、その大半は翼が占めている。

この人数の夕飯としては少ないかも。

「まずは、寝ませんか？　そして、早朝から活動するとか」

「うん、それが良いかも。俺は暗いと戦力半減だし」

幸い、巣があるところは柔らかな草で覆われているので……。

「じゃあ、俺達はここで寝ようか」

「はいっ！　お泊まりですね！」

「僕は初めてです！」

「そういや、シロは前回いなかったね」

すると、シロが暗い顔を見せる。

「ごめんなさい……足を引っ張っちゃって。今回は役に立つつもりだったのに」

「何を言うのさ。きちんと役に立ってるよ。大丈夫、初めから上手くいく人なんていないから。少しずつ、成長していけば良いんだよ。俺だって、まだまだ未熟だけど……これから、一緒に頑張ろう」

前の世界でも思ったことだけど、見切りをつけるのが早すぎる人が多い。

即戦力が求められるのはわかるけど、人それぞれ成長スピードは違うわけだし。

「師匠……はいっ！　えへへ……くっついても良いですか？」

「わたしも！」

「はいはい、好きにしなさい」

俺を挟んで、二人が寝転がる。

女の子ではなく、子供特有の甘い香りがしてほんわかする。

「ふふ……」

「クク……」

「良いっすね……」

そして、年長組から生暖かい視線を向けられてしまう。

なんだが恥ずかしくなり、俺は目をつぶって眠りに入る。

両隣にいるラビとシロの体温を感じつつ……まどろみの中に……。

十話

翌朝、目を覚ますと……。

「むにゃ……僕、お腹《なか》いっぱいですぅ」

「はにゃ……えへへ～」

何やら幸せそうな表情の二人が目に入る。

「随分と幸せそうですね？」

「リン、おはよう。まあ、動くに動けないけどね」

「………起こします」

「えっ？　い、いや、寝かせとこうよ。昨日の疲れがあるんだし」

「むぅ……」

えっ？　なんで不機嫌なの？

「姐さんも正直になれば――ぐはっ!?」

ものすごい勢いでレオが吹っ飛ばされた！

「まったく、そんなところまでライル様に感化されて」

「クク、素直にやってもらえば良いではないか？」

「ベア……あなたまで」

うーんと……なるほど！

「リンもここで寝たかったんだね。ごめんね、独占しちゃって」

「くははっ！」

「ははっ！　姐さん！　ボスは鈍感ですぜ！　いてて、笑ったら腹が……」

「う、うるさいです！　もういいです！」

あれ？　違ったの？　じゃあ、何だったんだろう？

「あれ……朝ですか」

「はにゃー」

「ほら、みんなが騒ぐから」

「す、すみません」

「すまん」

「すいやせん」

全員が起きてしまったので、洞窟の外に出てみると……。

「うわぁ……綺麗です！」

「僕、こんな景色見たことないです！」

「うん、綺麗だね」

二人の言う通り……山の上から見る、朝焼けに染まる景色は最高だった。

「じゃあ、ご飯にしようか」

「ああ、どうする？　一応、俺達でワイバーンを解体はしておいたが……」

「ありがとね……といっても、ここでは焼くしかないか」

いつも通り石の柱を作り、中央に鍋を置く。

その工程をもう一度やる。

幸い寝ていたところの草があるので、それで火をつける。

「やっぱり、量はないね」

「ほとんど翼ですから。その翼も、肉がほとんどありませんし」

「手羽先みたいにしたいけど、持って帰るのは邪魔かぁ」

仕方ないので脚の部分をスープの出汁《だし》にして、腹回りを焼いて食べることにする。

「僕が焼きますね！」

「じゃあ、そっちは任せるよ」

俺は拾ってある山菜を入れ、塩と胡椒《こしょう》で味付けをし……仕上げに醤油を垂らす。

「これで良し。あとは煮込むだけだ。リン、ちょっと付き合って」

「はい？　良いですけど……」

リンを伴って、崖の上から森を見下ろす。

「うーん……やっぱり、俺には見えないか。リン、こっからオルクスの群れとかブルズがいる場所はある？」

「はい？」

俺の本来の目的はこれである。

決して、わさびが欲しかったわけではない……断じてないよ?

「目が良いリンなら、見えるかもしれないと思ってさ」

「なるほど、そういうことですか……少し待ってください」

横を見ると、リンは目を閉じている。

「ライラ様の言うことが正しければ、目に闘気を集中するイメージ——見えました」

「ほんと!?」

「ただ、かなりブレますね……これはきついです。えっと……あそこの方向に、オルクスらしき群れが……」

「待ってね! ふんふん、バーバラがあそこだから、大体あの辺りか……」

あとは、みんなで集めた情報を元に詳しい地図を作っていけば良い。

そうすれば、生息地も割り出せるはずだ。

「ふぅ……疲れました」

「なんだろ? 魔力を大量に使う感じかな?」

「多分、そういうことなんだと思います」

「でも、ライラ姉さんの仮説は正しかったってことだね」

「ええ。まさか、こんな使い道があるなんて。そもそも、戦いにしか使えないものと思い込んでいました……マルス様の魔法と一緒で、使い方次第ってことですか」

そんな話をしていると、シロが駆けてくる。

「師匠〜!!」

「わかった！　すぐに行く！」

みんなの元に戻ったら、食事の時間となる。

「いただきます……固いなぁ」

パサパサしてるし、あんまり美味しくないや。

鶏《とり》の胸肉の脂肪分をさらに絞った感じ？

「そうっすか？　オレは美味《うま》いっす」

「私もですね」

「俺もだ」

「わたしも！」

「僕も！」

「あれー？　俺以外、みんな美味しいのか」

前から思ってたけど、獣人と人族では味覚も違うし、好みも違うのか。

ワイバーンは獣人族専用とか？

もしそうなら、食料の取り合いにはならないかも。

結局、スープで無理矢理流し込んだ。

「た、食べた……顎痛い」

「人族には厳しい食べ物みたいですね」

「そうかも。とりあえず、腹は膨れたし……帰ろうか」

無事に山を下り、川に沿って歩いていると……次の瞬間、川から何かが飛び出してくる！

「舌!?　――風よ！」

昨日みたいに油断はしてないので、咄嗟に風の刃を放つ！

その長い舌は千切れ、地面でビクビクしている。

「ゲゴォ!?」

「カエル？」

川から出てきたのは、まさしくカエルそのものだった。

ただし、大きさは三メートルを超える。

多分、俺くらいなら丸呑《まるの》みできそうだ。

「ゲッコウか！」

「ベア、知ってるの？」

「ああ、母から聞いたことがある。川の上流に住む魔獣だ。水中に潜み、獲物が近づいたら舌を出してくる。そして、そのまま捕まえて……飲み込む」

「うげぇ……やだな」

「どうします？」

「ボス、たまにはオレにやらせてください」

「レオ……よし、君に任せるよ」

「うっしゃ！　行ってきやす！」

レオが前に出て、ゲッコウと対峙《たいじ》する。

「大丈夫かな？」

「平気です。レオとて強者と言われる獅子族《ししぞく》です。単純なパワーだけなら、私よりも上なはずです」

「そっか……なら、信じることにしようか」

前の世界では、仮にも百獣の王と言われてた力を。

……もしくはヒモの王とも言うけど。

十一話

生前、母から、貴方は獣人族最強の怪力を持つ獅子族の漢と言われていた。

故に、ずっと思っていた。

何故、脆弱《ぜいじゃく》なニンゲンに……オレ達が支配されなくてはいけないのかと。

魔力の首輪さえなければ、すぐにでも皆殺しにしたいと思っていた。

そんなオレなので、扱いはひどいものだった。

厳しい重労働の数々、打たれる鞭《むち》、浴びせられる罵声……反抗心を持っていたオレは、それでも強気でいた。

そんな時だった、とある獣人の女がやってきたのは。

「お前は獅子族だな？」

「あん？」

態度が悪く暴れん坊のオレは、物置小屋で隔離されていた。

そこに、リンと名乗る獣人が現れた。

「なるほど……持て余しているな？」

「なに？」

「お前は人族に従って働くのを嫌だと思っているのか？」

「当たり前だっ！　何故、この獅子族たるオレが！」

こいつは裏切り者だ。

見た目も綺麗で、健康そうで……ニンゲンに媚《こ》びを売って生きているに違いない。

「私も、そう思っていた。だが、そうでない人間もいる。ついていきたい、役に立ちたいと思わせる人間が」

「はん！　そんなわけあるか！　奴らはオレ達を見下し、いつも偉そうにしやがる！」

「まあ、言葉で言っても伝わらないだろう。さて……自由になりたいか？」

オレは一瞬、思考が停止する……。

なんだ？　自由？　こいつの目的はなんだ？

「どういうことだ？」

「お前は、私……というより、私の主人が買い取った」

「ほう？　このオレを？」

「しかし、主人が目指す世界は獣人と人族の平和だ」

……今、なんと言った？

獣人とニンゲンの平和……？

「バカかっ！　そんな奴がいるわけがない！」

「世界は広い。中には、そういった者もいる。獣人にどうしようもない者がいるように、人族の中にも良き者はいる」

「そ、それは……」

そいつの言葉に、オレは言葉を詰まらせる。

たしかに、オレに手を差し伸べたニンゲンもいた。

もちろん、同情や哀れみだと思い拒否したが……。

そして、獣人族の中にも、オレを下に見たり馬鹿にする者もいた。

「ふむ……完全に堕《お》ちてしまっているわけではないか。よし――やるか」

「なんだと？」

「私と戦って、お前が勝ったら自由にしてやる。ただし、お前が負けたら……私に従って、一度主人に仕えてもらう。その結果、どうしても嫌だというなら解放してやる」

「はっ！　舐《な》められたもんだ！　獅子族に、犬族ごときが勝てると？」

「その物言いが……人族が獣人を見下すことと、なんら変わらないことに気づかないのか？」

「なっ――!?」

たしかに……くそっ！　痛いところを突きやがる！

そして、そいつはオレの鎖を外し……。

「さあ、かかってこい」

「後悔するなよ！」

闘気さえ使えれば、オレが負けるはずはない！

「くらえ！」

「ふむ、威力のある拳だ」

「ハハッ！　これが獅子族の剛拳だ！」

「しかし……当たらなければ、どうということはない」

そいつは避けるばかりで、ちっとも攻撃してこない。

それにしても、なんて素早い動きだ！

「くそっ！　避けるしか能がないか！」

「そう思われるのも癪《しゃく》だな——気合いを入れておけ」

「なに？」

そいつは、一度距離をとったが——気がついた時には目の前にいた。

「は、速い！」

「ハッ！」

「ぐはっ!?」

あまりの衝撃を腹にくらい、思わず膝をつく。

「か、かはっ……な、なんだと？」

「私にはお前ほどの怪力はない。ならば、一点集中させれば良い」

燃えるような赤い髪と凜《りん》としたその姿に……思わず、かっこいいと思ってしまう。

そして、こいつが……姐さんが認めるほどの男というのが気になった。

だから、オレはひとまず従うことにした。

姐さんの言う通り、ボスはすごいニンゲ……人だった。

オレをすぐに信用するし、分け隔てなく接する……美味い飯に、暖かい寝床を与えてくれた。

しかも、一切偉ぶることなく……むしろ、謝られてしまった。

何より、自分の大事な女であるシルクさんを、オレに守ってくれと……。

そして、人族にも良い奴がいるってことも知った。

良いぜ……オレはボスの願いに賛同するぜ。

オレの力の全て、ボスに預けるぜ！

◇

そして、今に至るんだ。

「ようやく、オレの出番だぜ」

シロやラビの護衛や、シルクさんの護衛が嫌ってことはないが……。

「それでも、オレだって前に出て戦いてえ」

それこそ、姐さんやベアのように……。

何より、惚《ほ》れた漢であるボスに……ここらで、オレの力を見せてやるぜ！

「ゲコォ！」

「くらうか！」

三つに分かれた舌が、次々と襲いかかってくる！

どうやら、再生する上に分裂もできるらしい！

「チッ！」

しまった！　胴体に舌が巻きついた！

このままでは、引っ張られて食べられる！

「レオ！」

ボスの心配そうな声……オレは、心配されたいんじゃねえ！

「ゲコォ！」

「力くらべなら負けねえ！」

オレは両手で、その舌を摑《つか》み……。

「ボスに頼りにされてえんだァァ！」

舌ごと背負い投げをする！

「ゲコォ!?」

「喰《く》らえ!!」

その隙を逃さず——上から顔面に拳を打ち下ろす！

「おおっ！　レオ！　すごいよ！　カッコいい！」

「へへっ！　見ましたかボス！　もっと頼って良いっすからね！」

ボス……アンタの想《おも》い描《えが》く未来が何なのかは、オレにはよくわかんねえ。

だが、オレは一生アンタについていくぜ！

十二話

おお！　レオが強くなってる！

三メートル超えの巨体を背負い投げするなんて……。

しかも、離れた位置からだから、相当な力がないとできない。

なるほど……これが獅子族が最強の腕力を持つといわれる所以《ゆえん》なんだね。

「へへっ」

「レオ、良くやった」

「ああ、良いものを見せてもらった」

「姐さん、ベア……嬉しいっす」

リンとベアが、それぞれ肩を叩いてくる。

前衛同士、何か通ずるものがあるのかも。

「すごいです！」

「わぁ……！」

「ハハッ！　見たか！　ほら！　ぶら下がると良い！」

シロとラビは、レオの両腕にぶら下がり……楽しそうにしている。

「リン」

「なんでしょう？」

「君の見る目に感謝するよ。みんな、良い子達だ」

ベアを除く三人は、リンが連れてきてくれた。

お陰で、こんな短期間で開拓を進めることができる。

「あ、ありがとうございます……でも、それはマルス様だからです」

「そうなの？　……よくわかんないや」

「ふふ、それで良いんですよ。貴方は、そのままで」

すると、みんなが温かい視線を向けてくる。

なんだか照れくさいので……。

「こ、こいつって美味しいのかな!?」

「俺の聞いた話では、極上の味ということらしい」

「へぇ！　それは楽しみだね！　じゃあ、レオ悪いけど……」

「へいっ！　オレに任せてください！」

その巨体を担いで、レオが歩き出す。

本当に、本来の力が戻ってきたみたいだね。

これなら、俺の望んだ役目を任せることができるかも。

その後、川の中にいたサーモスもベアが仕留め……。

その結果、ベアとレオは身動きがとれないので……。

シロとラビが最大限に警戒して、俺とリンで魔物を仕留めていく。

そして、日が暮れる頃……何とか無事に、バーバラに帰還する。

「つ、着いた～！」

「さ、流石に疲れたぜ」

「オレもだ。卵もわさびとやらも担いだしな」

「ぼ、僕も……初めて戦ったから」

「みなさん、お疲れ様でした」

「わぁ……リンさんだけ平気そう」

「ふふ、鍛え方が違いますから」

すると……いつものがやってくる！

「ね、姉さん！　ストップ！　ドンドムーブ！」

「マルスゥ～!!」

「ぎゃアアア！」

疲れて身動きがとれない俺は、あっけなく捕まり……おっぱいによる洗礼を受ける！

「く、苦しい………！」

あぁ……意識が朦朧《もうろう》としてきたなぁ……。

「マ、マルス!?」

「姉貴は学習しねえな！」

「クク、良いではないか。仲が良くて」

「う、うるさいわよ！」

「ま、マルス様ぁぁ〜！」

「キュルルー！」

出迎えてくれたみんなの声を聞きながら、闇の中へと沈んでいく……。

ん？　ああ……気を失ったのか。

ちょっと無理しすぎたかなぁ〜。

獣人族の中に一人だけ人族だから、足を引っ張らないように頑張ったけど。

魔法チートはあっても、それ以外は普通の人間だってことを忘れちゃいけないね。

「マルス様？」

「キュイ！」

目を開けると、シルクの綺麗な顔と、ルリのくりっとしたお目々ちゃんがある。

どうやら、膝枕をされているようで……俺の腹の上にルリが乗ってるらしい。

銀色の毛先が頬に触れ、少しくすぐったい。

「やあ、シルク……気持ち良いね」

「そ、そうですか？　こちらに来てからご飯が美味しくて……少し太ってしまいましたわ」

「良いことだよ。女の子は、少しぽっちゃりしてるくらいがちょうど良いさ」

前世でもそうだったけど、痩せているのが正義！みたいな風潮は好きじゃなかった。

男子は……多少肉づきがいい方が好きなんだァァ！　異論反論は認めない！

「えへへ……じゃあ、いっぱい食べますの。その方が、マルス様はごにょごにょ……」

「はい？」

「な、何でもありませんわ！」

「そ、そう」

何で頬を染めてるんだろう？

俺、変なこと言ったかな？

「それはそうと……マルス様、ご無事でなによりですわ」

「うん、ありがとう。ただいま、シルク」

「はい、お帰りなさいませ」

どうやら、死亡フラグは回避できたらしい。

……最後の最後で危なかったけどね。

「ところで、何でみんな正座してるの？」

先ほどから、目に入ってたけど……姉さんまでしてるし。

ライル兄さんと、セシリアさんは立ってるけど。

「マルス、ごめんね！」

「マルス様、すいません！」

「師匠、ごめんなさい！」

「ボスッ、すまねえ！」

「主人よ、申し訳ない」

「ご主人様、ごめんなしゃい——あぅぅ……舌嚙《か》んだよぉ～」

はい？　なんなんだ？

とりあえず、ラビは平気だろうか？

「みんな、マルス様がお疲れなことに気づかなかったので……それで、正座してますわ」

「ああ、そういうことね。別に、みんなが謝ることないよ。俺の体力がなかっただけだし」

「し、しかし！　私が担げば！」

「オレが！」

「俺もだ」

「それはダメだよ、フォーメーションが崩れるから。それに、みんなだって頑張ったし、疲れていたはずだ。何より、俺は君達と対等でいたい。もちろん、助け合うことは大事だけどね」

「ふふ……本当に大きくなって」

そう言って、姉さんがみんなを立たせていく。

俺もシルクにお礼を言って、ルリを抱きかかえて起き上がる。

「うん、それで良いよ。さて……じゃあ、まずは宴《うたげ》といきますか！」

「キュルルー！」

カエル料理かぁ……怖いけど、楽しみでもあるね！

十三話

まずは、キッチンに向かい……。

「さあ、シロ！　疲れてるけど頑張ろー！」

「頑張ります！　おぉ～！」

拳を突き上げて、二人でやる気を出します！

シロだって休みなしで疲れてるけど……俺だって、全身が筋肉痛です！

シルクの癒しは、こういうのには効かない。

でも――膝枕で大分回復したけどね！　太ももバンザイ！

「はいはい、何からやりますか？」

「リン、君だけは元気だね。じゃあ、解体を……」

「もう終わってますよ。マルス様が寝ている間に、私達がやっておきましたから」

「使い方がわからないものは、マルス様に聞こうと思って取ってあります！」

「あらら、仕事が早いことで。ありがとね、二人とも」

となると……まずは、あれか。

「ゲッコウが美味しいかわからないからね……お寿司を作ります！」

「わぁ……！　あれ、美味しかったです！」

「具材はなんですか？」

「サーモスのお刺身です！　シロ、生で食べられるか確認したね？」

「はい！　僕の鼻が平気だって言ってます！」

ふふ、色々な意味でこれを待っていた！

シロの強化された鼻のおかげで、生で食えるか食えないかは判断がつく！

そして――念願のわさび寿司だァァァ！

「白米を炊くゾォォ――！」

「はい！　もう炊いてます！」

「酢飯にするゾォォ――！」

「はい！　それはまだです！」

「わさびを……わかった！　わかったよ！　ごめんなさい！」

リンが、俺の頭を叩く体勢に入っていた！

ふぅ……アブナイアブナイ。

「まったく、たまには静かに作れないんですか？」

「無理だよ！　俺が、これをどれだけ楽しみに……！」

「わ、わかりましたから」

寿司とは、日本人のソウルフードなのだ！

その後、ご飯を炊いてる間に……。

「砂糖とお酢、昆布出汁と塩を混ぜて……」

これで、寿司酢の完成だ。

「サーモスはどのように？」

「シロ、お手本を見せるからね」

「お願いします！」

俺はサーモスの腹の一部分を切り取り、斜めにスライスしていく。

「こんな感じでよろしく」

「なるほど～握ったお米と合うサイズに切るってことですか？」

「うん、そういうことだね」

そのあとは、シロに任せて……。

「じゃあ、こいつを味見しないとね」

俺の目の前には、ゲッコウ肉の塊がある。

どんなグロテスクかと思ってたけど……どう見ても、美味しそうな鶏ももだ。

そういえば、カエルの味は鶏肉に近いって聞いたような気がする。

「生ではいけないって言ってたから……煮る？　焼く？　蒸す？」

味付けは、まずは塩だけで焼いてみるか。

鍋に油を入れ、肉を焼いていく……。

「う～ん、いい香りだね。それに、どんどん脂が出てくる」

これなら油を引かなくても良かったか。

「さて……こんなもんかな」

菜箸でもも肉を摘み、口に入れ――。

「むっ……うみゃい！」

弾力のある歯ごたえ！　嚙めば嚙むほど旨味《うまみ》が溢れ出る！

「自分へのご褒美として、何回か食べたことある地鶏……名古屋コーチンに近い？」

やっぱり、鶏肉に近いんだ。

しかも、ゲルバより美味しい……。

うん？　そうなると、ゲルバは食べなくてもいい？

「ゲルバは飼育するだけで、卵を生ませることにすれば……」

あれ？　そういえば、ワイバーンの卵は？

「リン、ワイバーンの卵は？」

「あっ、マルス様が寝ている間に……ライラ様が、孵化《ふか》させたいって言ってましたけど」

「へっ？　あれを孵化させる？　じゃあ、卵は使えないか」

親子丼的な物を作りたかったけど……種類はまったく違うけどね。

「じゃあ、とりあえず醬油系で味付けして……網で焼いた方が宴っぽいね」

醬油、砂糖、酒、みりんを鍋に入れ……とろみがつくまで火にかける。

「リン、同じものを大量に作って」

「わかりました」

「そしたら、俺は……」

すると、いつ嗅いでも素晴らしい香りが漂ってくる。

「おっ！　米が炊けた！　じゃあ、握るとしますか！」

炊きたての米に、先ほど作った寿司酢を振り入れ……。

「うぉぉぉ!!」

米を潰さないように、切るように混ぜる！

イメージ的には混ぜるより、ひっくり返す感じで！

「そしたら、風の魔法をうちわ代わりにして……」

左手で風を、右手にしゃもじを持って……ゆっくりと、ひっくり返し続ける。

「よし、こんなもんか」

最後にわさびをすりおろして……。

「師匠！　できました！」

「こっちもです」

「ありがとう、二人とも。じゃあ、いつもの広場に行こうか」

広場に行き、いつものように準備を進めていると……。

「領主様！　来ましたよ！」

「今回はなんですか!?」

「みんな楽しみにしてましたよ！」

次々と人々が集まってくる。

「今日は特別なものだよ！　みんなが食べたこともないようなやつ！」

『オォォォ――!!』

住民から歓声が上がる。

ふふ、みんな宴の良さがわかってきたみたいだね！

「シロ！　次々やるよ！」

「はいっ！」

「わたしも！」

「では、私も」

女性陣は寿司を手伝ってくれ……。

「じゃあ、オレは肉を焼くぜ！」

「うむ、俺達でやっておこう」

ゲッコウの串焼きは、男性陣にお任せする。

「じゃあ、お手本を見せるからね」

米を一摑みして、握り寿司の形に整える。

そしたらわさびを載せ、サーモスの刺身を載せれば……。

「これでサーモス寿司の完成だ！」

みんなも、みようみまねで作っていく。

不格好なのもあるけど、それも手作り感があって宴っぽいよね！

すると、ライラ姉さん達といたシルクが駆け寄ってくる。

「ま、マルス様！」

「シルク？」

「わ、私もやっても？」

「へっ？　い、いいけど……」

隣で銀髪の美少女が、お寿司を一生懸命に握っている。

なにこれ？　可愛いんですけど？　これだけでお金取れるんじゃないの？

「えへへ、楽しいです」

「そ、そうだね」

いつものツンとした感じではなく、子供みたいに笑っている。

口調も、いつもより柔らかい。

「その……今回は置いていかれちゃいましたから」

「ああ、そういうことね」

「待ってるのって……心配なんですよ？」

「そうかもね。じゃあ、次はついてくるかい？」

「はいっ！　も、もちろんですわ！」

あっ、いつものツンに戻った。

どっちも、可愛いから良いけどね！

そして、仲良く作業をしていると……。

「ほれ！　マルス！　食べな！」

「ありがとう！　兄さん！」

作業してる俺に、兄さんがゲッコウの串焼きを食べさせてくれる。

「ウマっ！　これは……コリコリしてる！」

弾力があって食べ応えがある！　美味い！

「こいつ、色々な部位があるみたいだぜ」

本当に鶏肉みたいで、色々と使い道がありそう。

もっと味を堪能《たんのう》したいけど、今はこっちに集中しないと。

そして、念願の時が訪れる。

「で、できたァァ！」

「つ、疲れました」

他のみんなも、お疲れの様子。

何せ、作る数が尋常じゃない。

メイドさんやお母さん方も手伝ってくれたけど。

「マルス様！　美味しいです！」

「こんなの食べたことありません！」

「ありがとうございます！」

獣人と人族が、一緒になってお礼を言ってくる。

そうそう、このために頑張ったんだよね。

もちろん、自分のためではあるけど。

「マ、マルス様」

「うん？」

「わ、私が握ったものですの！　た、食べたかったら食べても……」

「はい？」

「ア、アーンですわ……」

恥ずかしそうにしながら、シルクが俺に寿司を差し出している。

……なにこれ？　美少女の握った寿司とか、お金払わなくていいの？

「えっと……」

「は、早く食べてください……」

ぐはっ!?　馬鹿か！　俺は!?

勝手に脳内変換をするんじゃない！

「い、いただきます……美味い！　とにかくうみゃい！」

ツンと利いたわさびからの、甘みのあるサーモスの刺身！

シルクのツンから、甘さたっぷりのデレ！
これが相乗効果を発揮している！
俺……なに言ってんだろ？
まあ、別に良いか。
とりあえず、言えることは大満足です――宴は最高だね!!

十四話

次の日は疲れていたので、のんびりと過ごす。

つまりは――デート日和です！

「ど、どうしよう⁉」

「落ち着いてください。別に、普段通りでは？」

「ち、違うんだよ！」

「はぁ……そうですか」

今の俺は、前世の記憶を取り戻したおっさん！

昔みたいに、お出かけなんかできません！

記憶を取り戻す前の俺は、一体どんな身分で美少女と出かけてたんだ！

……そうだった、俺は王族でしたね。

記憶を取り戻したら、すぐに王都を出たからなぁ……その辺の実感がない。

「よ、洋服は⁉」

「まあ、正装のが良いですね。王都から着てきた貴族服で良いのでは？」

「そ、そうだね！」

青い貴族服を取り、急いで着替える。

「ちょっ!? わ、私、いるんですけど!?」

「へっ？ 今更？ 別に裸になるわけじゃないし……」

あれ？ 普段から、これくらい見てるはずだけど。

なんか、そう言われたら……こっちも恥ずかしくなってきた！

「そ、そうですけど……マルス様も、成人したのですから。なにより、そんなことではシルク様に叱られてしまいますよ？」

「むっ……言われてみればそうだね」

その光景がありありと目に浮かぶ……ハレンチですわ！とか言いそう。

でも、少し言われてみたいと思う——マルス君なのでした。

ひとまず、着替え終えたのは良いけど……。

「あとは来るのを待っていれば良いのか」

「……はぁ、マルス様。いくら王族とはいえ、親しい女性を部屋に来させると？」

うん、よくよく考えたら……ないね。

前世だろうが、今世だろうが……ありえないことはわかる。

「む、迎えに行くのかぁ……」

「ふふ、何げに初めてなのでは？」

「そうなんだよ！ 出かけるのもシルクから、迎えに来るのもシルクから……うわぁ」

自分で言って、以前の己の行動に寒気がする。

本当に、よく婚約破棄されなかったと思う。

「よ、よし！　い、行ってくりゅ！」

「ププッ!?」

「ぐぬぬ……ラビみたいになってしまった」

「ご、ごめんなさい……はい、いってらっしゃい」

リンに見送られ、シルクの部屋の前に来る。

「ここがシルクの部屋かぁ……何げに、来るのは初めてだ」

女性側の部屋に行くには男性側の階段を下りて、一階にある女性側の階段を上っていかないといけないから。

「それで、ライル兄さんも嘆いてたんだよね」

まあ、護衛するためには当たり前のことだけど。

なにせ、王女、王妹、侯爵令嬢がいるわけだし。

「そりゃ、マックスさん達が悲鳴を上げるわけだ」

……早く、ノックしないと。

「き、緊張してきた……コホン……」

静かに、ドアをノックする。

「シルク、迎えに来たよ。準備はできてるかな？」

「マ、マルス様!?　む、迎えに来たんですの!?」

あ、あれ？　何かまずかったかな？

ノックしたらいけないんだっけ？

「う、うん！　ダメだったかな？」

「い、いいえ！　しょ、少々お待ちください！」

「あ、慌てなくていいから！　ゆっくりでいいよ！」

すると、何故が扉が開く。

「キュイー！」

「ル、ルリちゃん！　ダメですわ！」

扉を開けて、ルリが出てきて……俺の胸に飛び込んでくる。

「「へっ？」」

俺の目の前には、白い下着姿のシルクが。

うわぁ……どうしよう、目が離せない。

いやらしいとかじゃなくて……とっても綺麗だから。

「キャ……キャァア――!?」

「ご、ごめんなさい!!」

俺は急いで扉を閉める！

「キュイ？」

ルリが、つぶらな瞳で俺を見つめてくる。

まるで、どうしたの？とでもいうように……。

「ルリ……」

「キュイ～！」

俺は黙って、ルリを優しく撫でる。

良いもの見せてもらった……ルリ、ありがとう。

ただ、この後のことを考えると——背筋が寒くなってきます。

◇

あぅぅ……見られてしまいました。

「と、殿方に下着姿を見られるなんて……お嫁に行けないよぉ」
マ、マルス様だから良かったですけど……。
「って——良くないですわ！」

い、いくら、好きな殿方で婚約者だからって……。

むぅ、あとで引っ叩《ぱた》かないと……ダメダメ。

「今日は、楽しみにしてたデートの日ですし……マルス様だって、悪気があったわけじゃありませんもの」

きっと、私がいつも迎えに行っていたから。

だから、今日は迎えに来てくださったのだと思いますし……。

「その気持ちが嬉しいですわ」

苦しくなって、自分の胸に両手を当てる。

「ずっと、待ってたんですもの……」

マルス様が、デートに誘ってくれるのを。

婚約者として紹介された日から、今日までずっと。

「だから、着替えるのに手間取ってしまいましたし……」

どんな服が良いのか迷ってしまって。

だから、ルリちゃんも悪くないし……むしろ、私が遅いのが悪いのですわ。

「ふぅ、危ないところでしたの」

折角の楽しい時間を、台無しにしてしまうところでした。

「では、これにしますわ。ライラ様がくださった物ですし」

ただ、私には少し早い気がして迷っていました。

「でも、私だって成人しましたし……が、頑張りますの」

私は選んだ服を着て、鏡の前に立ちます。

「か、肩が出てますの……！」

む、胸も強調されてますし……！

「い、今更、後には引けませんわ……！」

マ、マルス様は、喜んでくれるでしょうか？

十五話

うーん……どうしよう？

ひとまず、待ってる間にルリを高い高いしてみたけど。

「ルリ、まずは土下座かな？」

「キュイ？」

「それとも、平手打ちで済むかな？」

「キュイ！」

「うん？　大丈夫だって？」

「キュイキュイ！」

喜怒哀楽の表情が豊かだからか、何となく言いたいことがわかる。

ルリは『大丈夫だよ！』って言ってるみたいだ。

「そうだといいけど……」

せっかくのお出かけなのに、土下座や平手打ちから始まるのはなぁ。

もちろん、悪気がなかったとはいえ……いや、土下座くらいなら安いものだね。

「マ、マルス様？」

扉が少し開いて、シルクが顔だけ覗かせる。

「シ、シルク！　その！」

「い、良いですから！　その、謝らなくても……」

「へっ？　平手打ちは？　土下座くらいならやるけど？」

「い、いけませんわ！　マルス様は王族なんですよ？」

「それとこれとは話が別だよ」

そんなの、前世から一番嫌いなタイプじゃないか。

偉ければ何をしても良いし、謝らなくて良いなんて。

「ふふ、マルス様らしいですわ。私は、そんなところが……」

「うん？」

「いえ、何でもありませんわ」

理由はわからないけど。シルクの機嫌が良い？

とりあえず、土下座はしなくて良いらしい。

「えっと……ところで、何で隠れてるの？」

「そ、それは……お、女は度胸ですわ……！」

すると、ゆっくりと……ドアが開いていく。

「おおっ……」

普段の清楚系《せいそけい》の白や青ではなく……。

エレガントな雰囲気の赤いドレスを身にまとっている。

肩が見えているし、ある部分が強調されてます。

化粧もグッと大人っぽくなって……ドキドキしてきた。

「へ、変ですか……？」

「い、いや！　その……似合ってると思います」

いかん！　つい敬語になってしまった！

いきなり、可愛い系から綺麗系に進化するからだよ！

「えへへ……嬉しい」

「そ、そっか……」

ど、どうしよう⁉　いつもと違うから勝手がわからない！

リンエモ◯！　……はいないんだった！

「キュイー？」

「ルリちゃん？　……もしかして、褒めてるのかしら？」

「キュイ！」

「ふふ、ありがとう」

そうだ！　俺にはルリエモ◯がいた！

ルリなら連れていっても、デートに問題ないはず！

「ルリはどうする？」

「置いていくのは可哀想《かわいそう》ですわ。ただ、流石に抱っこは……ルリちゃん、自分で飛ぶなら連れていきますわよ？」

「キュイ！」

パタパタと空を舞い、喜んでる様子だ。

ほっ……これで、少しは楽になりそうだ。

でも、少しはそれらしいことをしないと……。

「シルク、迎えに来たよ――俺とデートしていただけますか？」

貴族式の礼をし、手を差し出す。

「は、はぃ……喜んで」

すると、花が咲いたように微笑んでくれた。

シルクの手を引いて、階段をゆっくり下りていく。

「ボス〜！」

「師匠！　頑張って〜！」

「ご主人様！　ファイトです！」

応援してくれてる三人の後ろでは、ベアとリンが微笑んでいる。

「て、照れますわね……」

「そ、そうだね」

いや、少しお出かけするだけなんだけど。

まあ、嬉しいよね。

ひとまず、屋敷の外に出る。

「どこに行くんですの？」

「壁の外は危ないからね。とりあえず、都市の中を散策しようか？　仕事以外で、見て回ることなんてないし」

「ええ、そうですわね」

「キュイ！」

楽しそうなルリとともに、都市を歩いていく。

すると、人々に挨拶をされる。

「シルク様！」

「こんにちは！」

「この間はありがとうございます！」

「お洋服、素敵ですね！」

シルクが、獣人や人族にかかわらず、次々とお礼を言われている。

「キュイー！」

「ルリちゃんだ！」

「可愛い！」

「魔石食べる!?」

どうやら、ルリは子供達に大人気の様子。

まあ、あんなに可愛いしね。

「随分と人気だね？」

「い、いえ。その、怪我人とかを癒していたら……」

「ああ、なるほどね」

「あと、視察ついでにルリちゃんとお散歩したり……」

「それで、あの人気なんだね」

基本的に、俺は引きこもってるしなぁ。

住民達には、宴の時だけ出てくる人とか思われてそう。

「うわぁ!?」

「おっと、平気かな？」

どうやら、人族の男の子に体当たりされたみたいだ。

「す、すみません！　うちの子が！　こら！　マルス様は王族の方なのよ！　謝って！」

「ご、ごめんなさい……」

お母さんが、土下座をさせる勢いで謝ってくるので……。

「気にしなくて良いですよ。ここにはうるさく言う人はいないですから。ただ、次からは気をつけようね？」

「は、はいっ！」

「あ、ありがとうございます！」

親子を見送り、再び歩き出す。

「ふふ……」

「どうしたの？」

「何でもありませんわ——あっ」

「うん？」

「い、いえ……」

何だろ？　震えてる？　……馬鹿か！　冬を越したとはいえ、まだ寒いに決まってるじゃん！

「さ、寒いよね!?」

「へ、平気ですわ……初めてのデートは、これを着るって決めてたんです」

「ごめん、俺の誘うタイミングが悪かったね……」

「そ、そんなことありませんわ！　う、嬉しかったです！」

どうしよう？　上着を着せる？　お店に入る？

うーん、お洒落《しゃれ》したのに可哀想だし。

あぁー……一つだけ案が浮かんだけど、これは良いのかな？

よし……男も度胸だ！

「し、失礼します！」

「ひゃん!?」

勇気を出して、シルクの肩を抱き寄せる！

グォォ!?　近い!?　良い匂いするし、おっぱいが当たってる！

「マ、マルス様!?　な、何を……あっ」

「ど、どうかな？」

「あ、暖かいですわ……」

「こ、このままでも良いかな？」

「……はい」

俺は肩を抱き寄せる際に、ヒートの魔法を発動させておいたのです！

さらに風の壁を作って、冷たい風を相殺する！

そうすれば、シルクも寒くないし、俺も合法的に……ゴニョゴニョ……。

とりあえず——魔法チートをくれた神様！　ありがとうございます！

十六話

ど、どういたしましょう!?
か、肩を抱き寄せられてしまいましたわ!?
マルス様も……当たり前ですが、男の人なんですよね。
意外と力強くて……うぅー、ドキドキしてしまいますわ。
マルス様もそうなのかな？　さっきから視線が泳いでいるし。
まあ……視線が胸に行くのは気になりますけど。
でも、殿方ですものね……マルス様なら、悪い気はしないですし。
少し、いや……かなり、恥ずかしいです。
それにしても、相変わらず優しい方ですわ。
さっきのことだって……私の脳裏に、あの日の出来事が蘇《よみがえ》る。

◇

あれは、マルス様がリンを連れてきた頃かな……？
私は、いつものようにマルス様を探していて。

「マルス様！　ここにいらしたのですね！」

「げっ!?　シルク!?」

「げって何ですの!?」

「ご、ごめんなさい！」

当時のマルス様は、良い昼寝ポジションがどうとか言って……王宮内のあちこちで、昼寝をしていました。

私は、いつも探し回って、嫌な顔をされてましたわ。

「お出かけしますわよ！」

「えぇ～めん……はいはい、わかりました」

「はいは一回ですわ」

「はい……シルクは厳しいなぁ」

嫌々ながらも、マルス様は付き合ってくれて……。

「最近、また来るようになったね？」

「だ、ダメですか？」

「い、いや、ダメじゃないけど」

リンのことがあって、私のマルス様を見る目は変わった。

今まではダメだと思ってた部分が、途端によく見えたり。

そう……あの日も、今日と同じように。

「うわぁ～い！」

「こ、こら！　走ると危ないわよ！」

後ろから、声が聞こえると思ったら……。

「うわっ⁉」

「イテッ⁉」

「マ、マルス様⁉」

振り返ると、男の子が尻餅をついていました。

そしてマルス様のお洋服には、べっとりと何かのソースがかかっていました。

「あちゃー……」

「た、大変ですわ！」

すると、すぐに男の子の母親が来て。

「マ、マルス様⁉　も、申し訳ありません！　わ、私はどうなってもいいので――どうか子供だけはお許しください！」

「お母さん⁉」

すると、マルス様は優しい口調で言ったのです。

「お母さん、顔を上げてください。子供のしたことですから」

「で、ですが、お洋服まで……」

「大丈夫ですから。君、悪かったね。食事を台無しにしちゃって」

「う、ううん！　お、お母さんにひどいことしない？」

「ああ、もちろん。ほら、衛兵が来ると面倒だから行くといいよ」

そう言って、二人を遠ざけました……少し、寂しげな表情をしながら。

その後、すぐに見張りの兵士が駆けつけてきます。

「マルス様！　何がありました!?」

「さっきの親子が何か？」

「ううん、何でもないよ。僕が食べ歩きをしてたら転んじゃったんだ。ほら、こんなに汚れちゃって」

マルス様は、そう言って自分が悪いことにしました。

もちろん、私に目配せもして……私は戸惑いつつも、話を合わせましたわ。

「そうですか。まったく、お騒がせな方だ」

「ふぅ……いえ、失礼します」

兵士達は呆《あき》れた表情をして、去っていきました。

「マ、マルス様……」

「シルク、ごめんね。すぐに帰ろうか」

「え、ええ」

王宮に戻ると……国王陛下であるロイス様が、マルス様を叱りつけます。

「マルス！　お前は洋服を汚して！　それは民のお金で作られているのだぞ!?」

「ごめんなさい！　ロイス兄さん！」

「まあ、いいじゃねえか」

「そうよ、怪我がなかったんだから」

「まったく！　お前達はマルスに甘すぎる！」

ロイス様は悪い方ではないのですが、少し頭ごなしなところがありました。

だから、私は思わず……。

「あ、あの！　マルス様は、ただ親子を庇って……」

「シルク！」

「ん？　何だ？」

「ロイス兄さん、何でもありません。では、シルクを送ってきます」

私の手を取り、マルス様が颯爽《さっそう》と歩き出します。

「な、何故、本当のことを言わないのですか？」

「そしたら、あの親子がひどい目に遭っちゃうよ。こんなんでも、一応王族だからね」

「で、ですが、悪いのはあちらで……そのせいで、マルス様が……兵士達にも呆れられ、国王陛下にも叱られて」

「良いんだよ、それで。僕が怒られて済むならさ。あの親子の楽しい日常を壊したくないし……母親と出かけられるのだって、いつまでかわからないしさ」

そうでした……私以上に、マルス様には母親の記憶がありません。

だから、あの親子に……羨ましいはずなのに。

それこそ、何で自分にはって思っているはずなのに。

「うぅ……」

「へっ⁉ ど、どうしてシルクが泣くの⁉」

「マ、マルス様が優しいからですわ。ごめんなさい、私が連れていったから……」

そうだ、私が無理矢理連れていったのに。

私のせいにだってできたのに。

「なんだ、そんなことか。シルクは悪くないよ。それに……実は、シルクに連れていかれるのは嫌いじゃないいんだ」

「えっ？」

「ふふ……そうなんですね。じゃあ、また連れてってあげますわ」

「本当に嫌なら、絶対に見つからない場所にいるから」

「まあ、ほどほどにお願いいね」

この時、私が一番心に残ったのは……。

マルス様が親子を庇ったことでも、私のせいにしなかったことでもありません。

心の底から親子を羨ましいと思っても尚《なお》、それでも笑顔で許したことです。

そんな優しくて、ある意味とても強いマルス様に……私は惹《ひ》かれていったのです。

◇

そうでしたの……あの頃から、ずっと変わってない。

実は、最近……以前とは様子が変わったと思ってました。

こういうところは、私の好きなマルス様のままです。

「ふふ……」

「へっ？　ど、どうしたの？」

先ほどから、マルス様は目を合わせてくれませんでしたが……。

ようやく、こっちを向いてくれました。

「いえ、少し昔を思い出しましたわ」

「そっか……よく、シルクに連れ出されてたね」

「そうでしたわ。マルス様ったら、逃げ出そうとするんですよ？」

「ご、ごめん。ほんと……よく付き合ってくれたよ」

マルス様は、私が婚約破棄しなかったことを疑問に思っているみたいですが……。

なんてことはありません。

甘いと言われたり、穀潰しと言われたり。

その他にも、色々と言われてしまう方ですが……私は、貴方が良いのです。

そんな貴方を——好きになったのですから。

十七話

なんかよくわからないけど、シルクの機嫌が良い気がする。

昔のことを思い出したっていうけど……まあ、別にいっか。

その後も、都市を散策する。

「キュイキュイ～」

「ふふ、ご機嫌ですわね」

「そうだね。それにしても、また大きくなったね」

ルリは俺達の先を飛んで、優雅に空を泳いでいるけど……。

数日しか経ってないのに、明らかに大きくなってる。

もう、俺の頭に乗ったら大変なことになっちゃうくらいに。

「私も、抱っこするのが大変になってきましたわ」

「まあ、赤ん坊くらいはあるしね」

「あ、赤ん坊……！」

何やら、シルクの顔が赤くなってる。

「どうしたの？」

「い、いえ！　何でもありませんわ！」

なんか、変なこと言ったかな？

赤ん坊……ま、まさか。

「し、シルクは……子供好きだったりするの？」

「ふえっ!?　な、なんですの!?」

「い、いや……何となく」

あれ？　どっち？　そういう意味じゃないの？

「き、嫌いじゃないですわ……」

「そ、そっか……」

「マ、マルス様はどうなんですの？」

「お、俺も、嫌いじゃないよ」

親かぁ……俺、ちゃんとした親になれるのかな？

前世も含めて、俺は親を知らない。

そんな俺が、親になっても良いんだろうか？

「はぁ……」

「マルス様？」

おっと、いけない。

今はデート中だ、暗い顔をしちゃダメだね。

「キュイー！」

ルリが、路地裏の方に行こうとしている。

「ル、ルリ？　どうしたの？」

「何やら、様子が変ですわね」

ルリを追いかけていくと……。

「キュイ！」

「あっ！　マルス様！」

「誰かいるね」

路地裏で、一人の男の子が蹲《うずくま》っていた。

多分、五歳くらい？

「だ、誰？」

「こんにちは。私はシルクと申しますわ。貴方、こんなところで何をしてますの？」

シルクが真っ直ぐ近づき、優しい口調で男の子に問いかける。

相手が子供とはいえ、少し危なっかしいけど……これが、シルクの良いところだよね。

「マルス様！」

「どうしたって？」

「この子、迷子ですの。お父さんと一緒に来たって……」

「うん？　この都市の子供じゃないってこと？」

「はい、そうみたいですわ」

最近、この都市にも人が増えてきた。

近くの村々から人々が来たり、セレナーデ国からの住民なんかも来ている。

これも、都市が少しずつ栄えてきた証拠だ。

「なるほどね。たしかに、人が多くなってきたから迷子にもなるか」

「ええ、そう思いますわ」

さて、どうしたものか……俺達も警戒されてるし。

「キュイー！」

「わぁ……！　かっこいい！」

どうやら、ルリのおかげで警戒が薄れたらしい。

よし、なら決まりだ。

「君、名前は？」

「ア、アトス……」

「アトス、俺達についてくるかい？　一緒にお父さんを探すけど……」

「良いの!?」

「ああ、もちろんさ」

「あ、ありがとう！」

「ふふ……やっぱり、マルス様ですわ」

「うん？」

「いえ……じゃあ、探してみましょう」

デート中なのに、シルクは笑顔で応えてくれる。

シルクは良い子だなぁ。

その後、歩き出そうとしたら、ルリが何かに気づく。

「キュイ？」

「あ、足痛い……ずっと歩いてたから……」

「ど、どうしましょう？　怪我なら癒せますけど……私が抱っこして」

「お、俺がやるから！」

小さい男の子とはいえ、シルクに抱っこなんかさせられない！

そしたらお胸さんが……なんか嫌だし。

「そ、そうですの？　じゃあ、お願いしますわ」

「ふっ、少年よ――残念だったな？」

「へっ？」

「はい？」

「キュイ？」

はい！　残念だったのは、俺の頭の方でしたとさ。

男の子を肩車して、都市の中を歩く。

「わぁ……！　にいちゃん！　意外と力持ちだね！」

「ま、まあね！」

い、いや！　五歳児を舐めてた！　結構きついっす！

だが、俺にだってプライドはある！

シルクの前で、かっこ悪いところは見せられない！

とほほ……今まで、見せすぎたし。

「ふふ、マルス様は良いパパになれそうですわね」

「キュイ！」

「そうでしたわ。すでに、ルリちゃんのパパですものね」

「キュイキュイ！」

「そ、そうかなぁ……」

「ええ、私が保証しますの」

な、なんだか照れるなぁ。

その後、探し回っていると、今度はルリがシルクを見ている。

「キュイ？」

「だ、大丈夫ですわ……」

うん？　シルクの様子が変？

いや、それもそうだよね。

「シルク、足が痛いんだね？」

「うっ……はぃ」

「お姉ちゃんも？」

「へ、平気ですわ。さあ、この子の親を探しましょう」

本当に、優しくて気高い女の子だなぁ。

「ダメだよ、シルク」

俺はすぐに、魔法で即席のベンチを作り出す。

「ほら、ここで座ってて」

「で、ですが……」

「ルリ、シルクのことを頼んだよ？」

「キュイ！」

「ほら、寒いから着てて」

俺は上着を脱いで、シルクの肩に着せる。

「ご、強引ですわ……」

何故かわからないけど、シルクの頬が赤くなってる。

「じゃあ、じっとしててね」

「……はい、お気をつけて」

下手に動き回ると、会えないかもしれないので、周辺を歩いてみる。

すると、男の子が何かに気づく。

「あっ！　パパ！」

「アトス!?　どこに……その方は、まさか……マルス様!?」

すぐに壮年の男性が駆け寄ってきて、膝をつこうとする。

「ああ、跪かないでください。今は、ただの迷子案内のマルスですから」

「で、ですが……」

「パパ？　どうしたの？　このにいちゃんの知り合いなの？」

「こ、この方は、この都市の領主様だ。ほら、早く下りなさい」

「はーい」

アトスを下ろし、男性に引き渡す。

「こ、この度は、息子がご迷惑を……」

「そういうのは良いですから。今度は、はぐれないようにしてくださいね」

「は、はい！　ありがとうございました！」

「にいちゃん！　ありがとう！」

二人が礼を言って、去っていく姿を見て……。

「父親か……いつか、なれるのかな？」

そんなことを思うのだった。

十八話

親子を見送って、俺がシルクのところに戻ると……。

「あれ？　シルクの側に男がいる？」

親を探しつつも、シルクの側から離れないようにしてたのに。

「あっ――肩を抱いた？」

「ちょっ!?　な、なんてことを聞くのですか!?」

「へへ、良いじゃねえか」

その瞬間――俺の手は勝手に動いていた。

「風よ！」

「グヘェ!?」

空気の弾丸を飛ばし、男だけを吹き飛ばす！

「シ、シルク！　大丈夫!?」

「えっ？　あ、はい……」

ほっ、とりあえず平気そうだ。

俺は、そのまま男に近づき……胸ぐらを掴む。

「おい、お前」

「い、いてて……なんだ？」

「シルクは、俺の大事な女性だ。手を出すなら――覚悟しろよ？」

「ひゃう!?」

「あん？　何言って……ああ！　マルス様か！」

うん？　俺を知ってる？

そういや、何処かで見たことあるような……。

「マ、マルス様！」

「あれ？　たしか……バランさん？」

近づいてきた厳《いか》つい大男は、近衛騎士のバランさんだった。

「お久しぶりでございます、マルス様。どうやら、噂《うわさ》は真実だったのですね。あの速さと的確さ……一流の魔法使いの証《あかし》かと」

「う、うん、ありがとう」

あ、相変わらず固い人だなぁ……まあ、だからこそ近衛騎士なんだけど。

しかも、十九歳という若さで、ロイス兄さんの護衛を任せられるほどの実力者だ。

「それにひきかえ……貴様！　マルス様に何をした!?」

「な、なんもしてねえよ！　いきなり、ぶっ飛ばされたんだ！」

「ちょっと!?　話が見えないんだけど!?」

この人誰!?　どうして、ここにバランさんが!?

「ま、待ってください！」

「シルク？」

「あ、あの……ごめんなさい……それ、兄なんです」

「……へっ？」

「マルス様が吹っ飛ばしたのは……わ、私の兄のゼノスなんですの」

……兄？　あの軽薄な感じの男が、オーレンさんの息子？

たしかに、顔は似ている気がする……オーレンさんに。

「そう！　何を隠そう、俺がゼノス-セルリア！　シルクの兄にして、貴方の将来の義兄である！

その兄に対して、なんたる――グヘェ!?」

あっ――シルクの平手打ちが炸裂《さくれつ》した。

「も、もう！　まだ義兄じゃありませんよ！　そ、それに、お兄様が悪いんです！」

「お、俺はただ、久々に会った妹がお洒落をしてたから。ついに、マルス様に食われたのか確認を……」

「な、な、なっ――」

シルクが口をパクパクして、固まってしまう。

食われた……本当に、オーレンさんの息子なの？

「はぁ……申し訳ありません、マルス様。とりあえず、この馬鹿を連れていきます」

「おい？　誰が馬鹿だ？」

「お前以外に誰がいる？　ほら、行くぞ」

「ちょっ!?　引きずるな！」

そして、二人が去っていく。

「えっ、えっと……シルク？」

「あぅ、あぅ……」

だ、だめだ……耳まで真っ赤になって、プルプルしてる。

「あれ？　そういや、ルリは……おい？」

なんと、近くにある看板の上で寝ていた。

「……仕方ない、少し待つか」

放心するシルクの手を引いて、一緒にベンチに座る。

それから、少し時間が経って……ようやく、シルクが落ち着きを取り戻した。

「ご、ごめんなさい……」

「こっちこそ、ごめんね。まさか、お兄さんとは思わなくて」

「本当にごめんなさい……」

「まあ、お互い様だね」

「ふふ、そうですわね」

俺にもバカ……ライル兄さんがいるし。

そういや、シルクのお兄さんと仲がいいんだっけ。

「小さい頃以来会ったことがなかったから、全然わからなかったよ」

「そうですわね。成人してからは、多忙なお父様に代わり領地を守っているので、滅多に王都には来ませんですし」

「……あれで？」

「ゆ、優秀なんですの。軽薄なところ以外は……お父様が、それでも許すくらいに」

なるほど……それは、相当優秀なんだろうなぁ。

「そういや、何しに来たんだろ？」

「バラン様は、マルス様が頼んだ護衛なのでは？」

「あっ、そういうことか。でも、お兄さんは？」

あの人も護衛なわけがないし。

というか、バランさんって……国王陛下付きの近衛じゃなかった？

「わかりませんわ。と、ところで……マルス様」

「ん？　どうしたの？」

「さ、先ほどのセリフは……その……」

「何か言ったっけ？」

「お、俺のごにょごにょ……」

さっき俺は……あっ——。

「い、いや！　あれは、その……嘘は言ってないし」

「そ、そうなのですね……えへへ」

か、可愛い……早く、オーレンさんに認められないと。

そうしないと、こっちの理性が保たない……！

「キュイ……」

「あら、ルリちゃん」

フラフラとルリが飛んできて、シルクの腕におさまる。

「プスー……」

「あらら、お眠さんみたいですわ」

「そっか、ずっとはしゃいでいたからね。じゃあ、一度帰ろうか？　シルクも、まだ足が痛いだろうし」

「はい……そうですわね」

少し残念そうな顔をするので……立ち上がり、シルクのサラサラの髪を撫でる。

「ふえっ!?」

「その……あれだよ」

「マ、マルス様……？」

い、言え！　言うんだ！　俺！

「また、出かけようか——今度は二人でさ」

「はぃ……喜んで」

すると、花が咲いたように微笑んでくれた。
色々あったけど、デートは大成功と言って良いのでは？

十九話

シルクの手を取って、領主の館に戻ると……。

「あはは！　お前は相変わらず馬鹿だなぁ！　他国の王女に惚れるとは！」

「うるせえ！　お前にだけは言われたくねえ！」

「ライル様は馬鹿ではない！　少し脳筋なだけだ！」

「お前もひどくね!?」

庭で、男三人がじゃれ合っている。

その物言いには遠慮がなく、本当に仲が良さそうだ。

「へぇ、あんな感じなんだ……良いなぁ」

「マルス様？」

「俺、男友達っていなくてさ……まあ、リンやシルクがいたから寂しくなかったけどね」

でも、やっぱり男友達とは違うし。

近くにいるとドキドキするし、どう対処して良いかわからない時もある。

「そうですわね……私にはリンやライラ様もいますし、領地にはお友達もいますけど」

「いや、俺が悪いんだけどね。今まで関わってこなかったからさ」

今更、男友達ができるわけがないし……まあ、仕方ないよね。

ひとまず、三人の横を素通りして館の中に入る。

「マルス、お帰りなさい」

「マルス様、お帰りなさいませ」

「リン、姉さん、ただいま」

「ただいまですわ。それで、アレにはお会いになりました？」

リンと姉さんが、顔を見合わせて……ため息をつく。

「ええ、会ったわ。相変わらずの男ね、貴方の兄は」

「あ、あれがシルク様のお兄さんとは……いえ、失礼しました」

「い、いえ、良いのですわ。ライラ様、ごめんなさい」

「良いわよ、別に。まあ、出会い頭にナンパしてきたのには驚いたけど」

うわぁ……勇者がいる。

見習う必要はないけど、少し羨ましい気もする。

「それで、どうするんですか？」

「そうなのよね……まさか、バランが来るなんて」

「まあ、国王陛下付きですからね」

「お兄様も、何を考えているのやら……とりあえず、貴方達は着替えてきなさい。そしたら、詳しい話を聞きましょう」

その後、自室に戻って着替えると、ノックの音がする。

「マルス様」

「リン、入って良いよ」

「失礼します」

「いやぁ……なんか、大ごとになってきたよ」

「王族に近衛、王女に侯爵家ですか……たしかに、すごい面子《メンツ》ですね」

「手配したのは良いけど、まさかバランさんが来るなんてね」

まあ、他国の王女がいるし。

それだけ信頼できる者を送り込んだってことなんだろう。

「少し手狭になってきましたね」

「それもあるね。というか、兄さんはいつまでいるんだろ？」

「結構いますよね。あと、ライラ様もお休みが終わるはずですが……」

「うん、その辺りも含めて話し合うんだろうね」

「ええ。おや、来ましたね」

リンがそう言った時、複数の足音が聞こえてくる。

「マルス、入るわよ」

「はい、どうぞ」

そして、姉さん達が入ってくる。

ライル兄さん、バランさん、ゼノスさん。

姉さんに、シルクとルリか。

さすがに、他の獣人やセシリアさんはいないみたいだ。

多分、国家機密に値するし。

「さて、早速だけど……ゼノス、バラン」

「はいはい、なんですか」

「なんでしょうか？」

「私と貴方達で話を進めるわよ。他のみんなは、ひとまず話を聞いてなさい」

全員が静かに頷く。

領主のマルス君は何もしないのかって？　いやいや、面倒だから任せます！

「では、私が話を進めるわ。まずは、ゼノスから説明しなさい」

「はいはい、わかりましたよ。俺はライルの馬鹿が他国の王女に惚れたって聞いて……その真偽を確かめに来たって感じっす」

「なるほどね。たしかに、お兄様としては放っておけないわ」

「まあ、とりあえず本人から聞いたんで、俺の仕事は終わりっす。あとは都市の様子や、シルクの様子を見てこいって親父《おやじ》に言われてたんで」

なるほど、オーレンさんの代わりってことか。

てことは、相当信頼されてるんだなぁ……見た目と違って。

銀髪はシルクと同じで、顔は優男風のイケメンだけど。

「そう……じゃあ、後で見てもらいましょう。バラン、貴方は？　国王陛下付きの近衛である貴方が来るなんて……」

「わ、私は、近衛です。王族の護衛に来てもおかしくありません」

「おいおい、聞いてくれよ。こいつってばよ――いてっ!?」

バランさんが、思いきり頭を殴った！

うわぁ……痛そう。

「き、貴様！」

「わ、わかったよ！　俺が悪かった！　まったく、相変わらず冗談が通じない奴だ」

「お前は相変わらず口が軽い」

「ふふ、貴方達がそうしてるのも懐かしいわね」

「……そうっすね。昔は、よく一緒にいましたから」

「ライラ様にも、大変お世話になりました」

そうか……三人は幼少期から一緒だから、姉さんも知ってるってわけか。

俺が大きくなる頃には、三人もそれぞれの道に進んだってことか。

ふんふん、何となく関係性が見えてきたかも。

「まあ、正直言って……貴方が来てくれて助かったわ。貴方ほど実直で、真面目な人は滅多にいないから。ありがとう、バラン」

「も、勿体《もったい》ないお言葉！」

「ククク……こいつが真面目ねぇ？」

「う、うるさい！」

あれ？　これってそういうこと？

バランさんは、姉さんのことを？

姉さんは、全然気づいてなさそうだけど。

「コホン！　一応、女性の近衛も連れてきましたのでご安心を」

「ええ、助かるわ。そこに破廉恥な男がいるし」

「誰っすかね？　……はいはい、俺ですよー」

もしかして、ゼノスさんも？

……よくわからないや。

うーん……でも、なんだか波乱の予感がします。

二十話

その後、話し合いは進み、俺が気になってた話題に。

そう、ライル兄さんの話である。

「そんで、お前はいつまでいるんだ？」

「うっ……そ、それはだな」

「惚れた女がいるから、王都には帰らないってか？」

「わ、悪いか！」

「いや……お前の仕事なんて、あってないようなものだ」

「ゼノス！」

「良いって、バラン……へっ、わかってるよ」

ふんふん……ゼノスさんは、兄さんに対して好き放題言う感じか。

バランさんは、あくまでも友である前に臣下って感じなのかな。

もちろん、どっちがいいとかじゃなく、バランスがとれてるってことかも。

「まあ、ゼノスの言う通りね。ライルの役目は、兄さんの子供が……できれば男の子が生まれるまで死なないこと。それ以外は、どうでも良いわ」

「ああ、わかってるよ。それが次男の役目だ」

「兄さん……」

「おっと、お前が気に病むことはないぜ？　末っ子の役目は、俺達に可愛がられることだ」

「あら、良いこと言うわね。そうよ、マルス。これに関しては、気にすることはないわ」

「……ありがとう、姉さん、兄さん」

俺だけグータラしてて……今も、こうして自由にさせてもらって。

一体、今までの俺は何をしてきたんだろう？

この大好きな人達に、何ができるだろう？

「へっ、相変わらず仲が良いことで。まるで、俺とシルクみたいだな」

「お兄様？　全然違うと思いますけど？」

「なんと!?　冷たい妹よ！」

「へぇ？　お父様に……女性関係について、色々と誤魔化してあげたのは誰でしたか？」

「シルク様です！」

兄妹《きょうだい》にも、色々な関係があるみたいです。

でも、やっぱり……お互いに助け合うのが正解だよね。

「それじゃあ、ライルは残るのね？」

「ああ、そのつもりだ」

「実は、陛下からライル様に手紙を預かっております」

「なに？」

ライル兄さんが、手紙を受け取り読み上げる。

「なになに……『ライル、元気にしてるか？　さて本題だが、今は敢《あ》えて辺境にいると良い。俺が結婚したことで、焦った貴族どもがお前を再び担ぎ出そうとしている。そして、王女に関しては好きにしろ。今まで、お前を縛ってすまなかった』か……」

ロイス兄さん、自分の婚期が遅れたことを気にしてたんだ。

そのせいで、ライル兄さんが恋愛できないことを。

「へっ……遠回しに言ってきやがって」

「ふふ、相変わらず素直じゃない人ね」

「それと、ライラ様にも……」

「あら、なにかしら？」

姉さんも手紙を受け取り、同じように読み上げる。

「どれどれ……『ライラ、マルスを可愛がるのもほどほどにな？　さて……お前には色々と世話をかけてしまった。ライルやマルスのこと、俺自身のこと……母に代わって、色々と動いていてくれたこと感謝している。今更遅いかもしれないが、もう自由になって良い……け、結婚したいなら応援する』って……」

そうだよね、本来なら姉さんはとっくに結婚してる年齢だ。

本人は、その気がないからとか言ってたけど……もしかしたら、俺達のために。

「お兄様……そう……ご、ごめんなさいね」

「な、涙が……だ、大丈夫ですか!?」

「え、ええ、平気よ……ありがとう、バラン」

「い、いえ！」

「ほんと素直じゃない人……面と向かって言えないからって」

姉さんの泣くところなんて、初めて見た。

やっぱり、気を張って生きてきたんだ。

「最後に、マルス様にもお手紙がございます」

「お、俺にも……？」

な、なんだろ？　叱られるのかな？

「えっと……『マルスよ、俺を恨んでいるか？　今まで、すまなかった。お前の考えを知らずに、俺の意見を押し付けてしまった。俺は、お前にとって良い兄ではなかっただろうな……口うるさく、説教ばかりして……』

ロイス兄さん、そんなことないよ。

「グスッ……『亡き両親に代わって、お前には厳しくし続けるだろう。だが、忘れるな。俺は、お前を愛している……それこそ、ライルやライラに負けないくらいに。最後に……お前は、お前の生きたいように生きなさい。それが、両親を含めた……俺達の願いだ』って」

違うよ、逆なんだよ。

そんなことを知らずに、のうのうと生きていたのは……俺なんだよ。

恨んでもないし、感謝もしてるんだよ。

「うぅ……良い話ですわ」

「へっ……否定はしない」

「陛下は、貴方達に自由にして良いと仰《おっしゃ》っていました。後のことは、俺に任せろと……それが、長兄である自分の役目だと」

「兄貴……」

「お兄様……」

みんなが、感極まり……次々と、部屋から出ていく。

そして、部屋には俺と……ずっと黙っていたリンだけが残る

「リン」

「はい、なんでしょう」

「俺はダラダラしたい」

「ええ、そうでしょうね」

「でも……その前に、やることがあるみたいだ」

この都市や、獣人のことだけじゃない。

「そうですか。ならば、私がお供いたしましょう。貴方の望みを叶《かな》えることが……私の幸せですから」

「リン、ありがとう」

スローライフを送りたい、その気持ちに変わりはない。
でも、その前に……大切な人達に恩返しがしたい。
大好きな三人のために、俺にできることを考えよう。

外伝～リンの決意～

マルス様が、本気になられたか。

自分のしたいこと、すべきをことを明確に決めたみたいですね。

その背中は、以前より大きく見えて……なんだか、胸が熱くなります。

ようやく、私の誓いを果たす時が来たのかもしれません。

マルス様のしたいことが決まった時、その力になると。

これは、私も覚悟を決めましょう。

その日のうちに、行動を開始します。

「ライル様」

「おっ、リンさん、リンじゃねえか」

「リンさん、お久しぶりです」

「リンちゃんだっけ？　よろしくね～」

「バラン様、お久しぶりでございます。ゼノス様、リンと申します。以後、よろしくお願いします」

バラン様は、王都にいた時から知っている。

よくマルス様を一緒に探したり、時には稽古をつけてもらったり。

伯爵家出身なのに、私を対等に扱ってくれた、良き御仁である。

ゼノス様は初対面ですが、私を見下す視線は感じません。

流石は、オーレン様のご子息ということですかね。

「固いよ、もっとフランクで良いからさ」

「そうだぜ、こんな奴に敬語を使う必要ないぜ」

「まったくです。ライル様にすら敬語を使わないのですから」

「おい？　お前達も大概だからな？　それを言ったら、伯爵家のお前が俺にタメ口とか……」

「ほう？　ゼノス様とお呼びしますか？」

「わ、わかった！　俺が悪かった！　気色悪いから勘弁してくれ！」

仲が良いなと思う。

そして、こんな時思うことがある……私も、男だったらなと。

そうすれば、マルス様の友人になれたかもしれない。

この恋愛感情という余計なものも含めて、私の想いは純粋ではない。

マルス様が好きだから、認めてほしいから……行動しているにすぎない。

「おい？　大丈夫か？」

ライル様が、心配そうに見つめてきます。

おっと、いけない……本題に入らないと。

「はい、平気です。それより、お願いがありまして……」

「ほう？　久々だな、お前にお願いされるなんて」

マルス様の力になると誓った時、ライル様には稽古をつけてもらうよう頼み込んだ。

今回も同じだが……気持ちは、あの時の比ではない。

今の私は、あの方のためなら——全てを懸けられる。

「今一度、本気で稽古をつけていただきたいのです」

「……ほう？　お前の強さは、もう十分な域に達しているが？」

「足りないのです。マルス様が為《な》さることのため、私は強く……いえ、あの方にとって一番頼られる存在でありたいのです」

お世話になってるライル様に嘘はつきたくない。

それに、言い方は悪いが……この方が、良いだろうし。

「……あの時とは、まるで覚悟が違うな。わかった、可愛い弟のためでもある。俺が、お前を鍛え直してやる。そして、マルスの力になってやってくれ」

「はっ！　それこそが、私の誓いです！」

「ったく、不器用な奴だぜ。マルスも鈍感だし……まあ、シルク嬢もいるしなぁ」

「そ、そ、それは！」

うぅ……マルス様以外には、ばれてしまっているのに。

肝心のマルス様だけが気づいてくれない……いや、気づかれても困るんですけどね。

「なるほど、我が妹のライバルという奴か」

「い、いえ！　私は、そんなつもりはなくて！」

「面白そうだ！」

「はい？」

「俺も手伝うか！　こう見えて魔法剣士だし！」

「あぁー……まあ、こいつも強いから安心しろ」

オーレン様のご子息ということは、弱いわけがないですね。

「お、お願いします」

「いや〜妹のライバルを育てる！　実に楽しそうだ！」

「お前は相変わらず、シルク嬢の可愛がり方が歪《ゆが》んでいるな……」

すると、何やらすすり泣く声が聞こえる。

ふとバラン様を見ると……泣いていた。

「おぉ！　主君のために強くなる……素晴らしい考えです」

「は、はい、ありがとうございます」

「では、私もお手伝いいたしましょう。マルス様は王族です。その方を守るためというなら、近衛として協力は惜しみません」

「バラン様、感謝いたします」

これで、鍛錬する相手に事欠かない。

次は、ライラ様のところに行かなければ。

そのまま、ライラ様の部屋を訪ねる。

「あら、リン。一人なんて、珍しいじゃない」

「ライラ様、私は強くなりたいです」

「なるほどね……マルスのためってわけ？」

「はい、今よりもっと。マルス様に置いていかれないように」

マルス様の魔法の腕は、どんどん上達している。

溜めもなくなってきたし、隙も減ってきた。

もしかしたら、私の助けはいらないのかもしれない。

それでも、あの方の隣に立つのは私でありたい。

「ふぅん？　……じゃあ、色々と研究に付き合ってもらうわよ？　それこそ、魔法耐性についてとか、闘気の持続時間とか使い方とか……きついわよ？」

「望むところです」

「……いい目ね。まさか、あの時の子がねぇ」

「ライラ様、ありがとうございます。あの時、貴女が許可してくださらなかったら……マルス様といられなかった。そして、こんなに幸せな日々を送ることも」

そうだ、奴隷として生きる日々から救ってくれたのはマルス様だけではない。

ライラ様が許可して、色々と手を回してくださったからだ。

それを、後になって知ったが……この方が、それを恩に着せたことはない。

「そんなつもりはなかったけど……まあ、貴女も可愛い妹みたいなものだわ。そのうち、本当に妹になるかもしれないしね？」

「それは、どういう……っ～!!」

「あらら、顔が真っ赤よ？　我が弟ながら、鈍感でごめんなさいね……まあ、貴女の態度にも問題はあるけど」

「そ、それでは、そういうことで！　失礼します！」

身体から火が出そうになって、思わず部屋を飛び出していく。

「わ、私が妹……それってつまり……」

うぅー……こんな顔じゃ、マルス様の元に戻れない。

「でも、ひとまずこれで……」

マルス様の力になるための、下準備ができた。

あの方達が一堂に会することなど、滅多にない。

このチャンスを逃すわけにはいかない。

私は強くなる。

だから、これからも……マルス様のお側に。

幕間《まくあい》～ロイスの戦い～

　さて、今頃あいつらは到着してるかな。

「まあ、つまり……手紙を読まれてしまうということだが」

「まだ言ってるのですか？」

「宰相、そうは言うがな……威厳ある長男として、照れくさいものがあるのだよ」

　あいつらに、面と向かって言えないから手紙にした。

「なあ、次……どんな顔して会えば良いと思う？」

「そんなのは知りません」

「はぁ……だが、これでしばらく会うこともあるまい」

「では、今のうちに？」

「ああ、腐った者どもを排除する」

　ライラやライル、ましてやマルスの手を汚させはしない。

　これは、俺がすべきことだ。

　たとえ、兄弟の中で一番弱くとも。

　妹や弟を守る……それが、長兄の役目だ。

「しかし、手持ちのカードでできますか？　冒険者ランクに例えるなら、A級クラス以上の方々がいませんからね」

「たしかにゼノスがいない今、オーレンは出てこれない。ライルに匹敵するバランもいない……優秀な魔法使いのライラもいない。だが、俺とて遊んでいたわけではない」

それに、これは政治の戦いだ。

戦いではなく、話し合いで勝利する。

「何より、もう……あいつらは、十分にやってくれた」

ライラは、優秀な魔法使い達を育ててくれた。

ライルは、近衛や兵士達を屈強な男に鍛え上げてくれた。

「そして……マルスだ」

セレナーデ王国との関係が改善すれば、様々な問題が解決する。

食料問題をはじめ、住民の増加……何より、経済の活性化だ。

「ええ、正直言って驚きました。まさか、セレナーデ王国と対等に渡り合えるとは。シルク嬢が話し合った内容を確認しましたが……特に、我が国に不利な点はございませんでした。つまり、あちら側も助かる点が多いということです。マルス様が新しい魔法を開発したとか……いやはや、驚きですな」

「ああ、ヒートとか言っていたな。こちらにも送られてきたが、あれは良いものだ。他の貴族達も、相当気に入っていたし……よき土産を持ってきてくれたものだ」

「ええ、他にもローストビーフなるものも美味でしたし……マルス様の評判も上がっております」

それに、両親が気にしていた奴隷についても。

両親は奴隷解放を目指していたんだと思う……実際に聞いたことはないが。

俺は、それを感じつつも反発を恐れて……情けない。

「それに伴い、一部の貴族達の反発もな」

「ええ、奴隷を手放そうとしない。いえ、不当に扱っている彼らを解放しようとしない者達ですな」

「ああ、そうだ。何も、すぐに解放なんてことは無理だ。だが、不当な扱いだけは許してはいけない。俺もリンという、妹のように思っている獣人もいる。マルスを通じて接するうちに気づいた……俺らと、何ら変わりはないことを」

何より、彼女はマルスの良き理解者になってくれた。

時に友として、従者として……家族として。

そうだ、獣人とだって家族になれるんだ。

それを、マルスが教えてくれた。

「では、何から始めますかな？」

「まずは、あぶり出す。ライルやライラ、そしてオーレンが動けないことで……動き出す輩《やから》がいるだろう。俺を舐め腐っている古参の連中がな？」

「ええ、何人かいますね。残る二つの侯爵家、伯爵家が三つほど……では、切り崩してまいりますか？」

「ああ、これより行動を開始する。奴らも、今から動くとは思っていないはず」

俺が舐められてることを逆手にとってやろう。

今は冬で、隣国も攻めてこないだろうしな。

春までに、少しでも体制を整える。

「そうですな。育ててきた若い種も、成人を迎えましたから。私も含めて、老害は消え去るべきですね」

「おいおい、お前には頑張ってもらわないと」

「いえ、もし平定した暁には……私も、職を降りるつもりです。そうしなければ、説得力がありませんから」

「そうか、そこまでの覚悟か……わかった、健やかな老後を過ごせるようにしてやろう」

「ええ、お願いしますね」

父の代から仕えているルーカスだ。

もっと助けてほしいが、休ませてあげなくては。

そのためにも、国内を完全掌握する必要がある。

「よし、今度は——俺の番だ。三人が協力してくれたことを、俺がまとめてみせる。ルーカス、最後の仕事だ……手伝ってくれるか？」

「はっ、国王陛下。それが、亡き先王より……いえ、貴方様の父上より託された想いです」

「感謝する。お前とオーレンがいなければ、俺はただ椅子に座るだけの存在になっていた。お前とオーレンの願い……父上と母上の願いは、俺達で叶えてみせる」

「ご立派になられて……見ていただきたかったたですな」

「大丈夫さ、きっと……何処かで見守ってくれてる」

父上、母上……弟や妹達は、立派に成長しました。

もしかしたら、一番の未熟者は俺かもしれませんね。

戦闘力もなく、魔力もなく……ただ、人より少し賢《さか》しいだけ。

それが、たまたま長男だったから国王になった。

ライル、ライラ、マルス……あとは、不出来な兄に任せろ。

少しくらい、カッコつけさせてくれよな。

二十三話

あれから一ヶ月が過ぎて……状況も、色々と変化してきたかな？

一番大きいのはこれだよね。

「キュイ～」

「きゃっ!?　ルリちゃん！　危ないですわ！」

「キュイ～」

ルリがシルクに体当たりしようとするので……。

「ルリ！　いけない！」

「キュイ！」

ピタッと止まり、俺の前に来る。

ふぅ、何とか訓練の成果が出てきたね。

やっぱり、頭は良いんだよね……まだ子供なのが難点だけど。

「た、助かりましたわ」

「流石に、もう一メートルくらいあるし」

「キュイ？」

そのつぶらな瞳や仕草は、相変わらず可愛い。

ただ、簡単に抱っこはできない大きさになっている。

流石は、ドラゴンといったところかな？

色々な意味で、成長率が高い。

「ルリ、良いかい？　もう、人に体当たりしてはいけない」

「キュイ〜」

「そうだよ。その代わり、撫でてはもらえるから我慢しなさい」

「キュイ！」

姿勢を低くして『撫でて〜』とでもいうように、頭を下げてくるので……。

「よしよし」

「私も……よしよし」

「キュイ〜」

やれやれ、そろそろ部屋で飼うのは限界かな？

「あとは、アレもだよね」

二人で、二階の窓から庭を眺める。

「くっ!?」

「そんなもんか!?」

「まだまだですぞ！」

「すごいね〜でも、やっぱり魔法には弱いね」

庭では、リンが三人と組み手をしている。

どうやら、頼み込んだみたいだけど……少し心配だ。

もう一ヶ月も、ああやって鍛錬している。

「リン、平気かしら？」

「うん、少し心配だね。でも、本人がやる気だから」

「私、癒しに行ってまいりますわ」

「うん、お願い」

シルクが去るのを見送り、一人で考える。

「力が戻ってきたベアやレオも、ずっと二人で組み手してる。シロも身体つきが変わってきたし、動きにキレが出てきた。ラビは相変わらずだけど……まあ、まだ十歳だからね」

冬が終わりを迎え、みんなの動きも活発になってきたってことだ。

「マルス〜！」

「キュイ！」

「はい！　姉さん！」

「部屋で待ってるから来てちょうだい！」

階段の下から、ライラ姉さんの声が聞こえる。

「ルリ、行くよ。今日も実験だ」

「キュイ〜！」

ルリを連れて、姉さんの部屋に向かうと……。

「キー！」

小さいワイバーン二匹が、出迎えてくれる。

「キュイ！」

「「キー！」」

「はい！　整列！」

姉さんが言うと、二匹が整列する。

これが、姉さんが実験したかったことだ。

姉さんが生まれるのを見届けて育てたら……どうなるのかを。

「やっぱり、言語が通じてるわ」

「うん、それにルリともね」

「まあ、高位魔獣の理論や仕組みはわかってないわ。ただ、同じ魔獣であること……鳴き声の特徴が似てるから通じるのかも」

まあ、翼竜と言われるくらいだしね。

森に連れていったけど、他の魔獣には通じなかったし。

同じ人間でも、言語は通じないこともあるしね。

幸い、この大陸は共通言語だけど……もしかしたら、他にも大陸があるかもしれない。

そこには、外国人がいたりして……まあ、今は考えなくて良いか。

「なるほど……」

「まあ、違う理論もあるけど。ワイバーンは賢い生き物だから、私達の言葉も通じてるとか」

「その可能性もあるかぁ……それで、このまま育てるの？」

「ええ。上手く育てば、色々と使い道があるわ」

荷物の運送、空の警戒、移動手段……たしかに、色々ありそう。

「ルリも、これから頑張ろうね？」

「キュイ！」

「あら、今日から？」

「うん、ルリも大きくなってきたから」

「じゃあ、それも報告書にまとめておいて」

「……が、頑張る」

めんどくさいけど、自分のためでもあるしね。

それに、俺も頑張らないと……みんなに負けてられないよね！

組み手をしていたレオとベアの元に行き、説明をする。

「ふむ、空を飛ぶか。ものすごい発想だな」

「ドラゴンに跨《また》がるっすか……聞いたことないですぜ」

やっぱり、そういう例はないらしい。

そもそも、ドラゴン自体がいないし……空を飛ぶ生き物が少ないからね。

「ルリ。今日から、俺を乗せて飛ぶことを覚えてもらうよ？」

「キュイ！」

しきりに頷いて、喜んでいる様子だ。

多分、遊んでもらえると思ってるのかも。

「じゃあ、跨る……よっと」

「キュイ〜」

何とか、ギリギリ跨ることができた。

「重くないかな？」

「キュイ！」

「おっ、平気そうだね。まあ、俺は軽いし……よし、飛んでみて」

「キュイ〜！」

翼を羽ばたかせ、ルリが宙に浮かぶ。

ちなみに翼で飛ぶというよりも、魔力で浮遊しているらしい。

「わわっ!?」

「キュイ!?」

ルリがふらつき、俺が落ちそうになる！

「主人！」

「ボス！」

「へ、平気！　ただ、一応下で構えておいて！」

「「おう！」」

よし、これで万が一落ちても安心だ。

「ルリ、やっぱり重たい？」

「キュイキュイ」

首を横に振っているから、重くはないってことか。

「じゃあ、後は慣れるしかないか。あと、ルリも成長していくしね」

「キュイ！」

「おっ、気合い入ってるね」

もう少し大きくなれば、こっちもバランスがとれるし。

続けていけば、ドラゴンライダーになれるかも……やばい！　超かっこいい！

「よし……練習は続けるとして、先に仕事を始めるとしますか」

そう、いよいよ魔獣飼育計画開始です！

二十四話

とりあえず、ルリから降りる。

「ベア、鞍《くら》とか作れる人いる？」

「ああ、俺が作れる。こう見えても、熊族は手先が器用だからな」

そういや、前の世界でも聞いたことあったかも。

熊はバランス感覚や、手先が器用だったたって。

「じゃあ、もう少し成長したら作ってもらえる？」

「ああ、任せておけ。ライラさん曰《いわ》く、ドラゴンの成長は早いが……ある一定の成長をすると緩やかになるらしい。そのタイミングで作ればいいだろう」

「うん、それでお願い。様子を見ながら頼むとするよ」

ルリはどちらかというと、西洋タイプのドラゴンだ。

手足があって、ちょっと丸みがあって愛嬌《あいきょう》がある……可愛いよね。

ただ、可愛いのも良いけどカッコいいのも見たい……成長すれば見れるかな？

ただ、俺が生きてるうちには無理かなぁ。

伝承では、数千年は生きる個体もいるっていうし。

その後、自室に戻り……珍しく、一人で机に座る。

「さて、作戦前に確認だ」

俺が、三人の家族のためにできること。

それを、今一度整理しないと。

「まずは、ライラ姉さんのは単純だ」

ひとまず、恋愛は置いといて……だって、姉さんにその気がないとね。

もししたい相手がいれば、応援はするけど。

確実なのは……魔法の実験と、その他の実験を手伝えばいい。

「あとは、一緒に過ごすことだよね」

それが、姉さんが一番望んでいることだからだ。

ここ数年は、こんなに会ってなかったから。

「ドライヤーも欠かさず、俺がやってるし……魔法の鍛錬は、俺にとっても利があるし」

次は、ライル兄さんかぁ。

「どうしよう？　自分の恋愛というか……前世も含めて経験がなさすぎる」

助けるっていっても、何をすればいいんだろう？

「セシリアさんに、兄さんの良いところを伝えるのは良いとして。他にできること……やっぱり、セレナーデ国と仲良くすることかな」

幸い、セレナーデ国と我が国との道の整備は進んでいる。

このままいけば、二、三ヶ月である程度は形になるらしい。

「でも、兄さんを婿養子にするってこと？　あっちにも、色々な事情がありそうだし」

その辺りも、タイミングを見てセシリアさんに聞いてみようかな。

「あとは、ライル兄さんが心置きなく恋愛できるように……もしかして、これはロイス兄さんのためにもなるのかな？」

国にいるダメな貴族を黙らせるためには、実績が必要だね。

あとは国の経済を活性化させて、獣人と人族の関係性の改善。

ゆくゆくは、人口を増やしていけば良いのかな？

「となると、飼育作戦は……その、第一歩になるかもね」

もちろん、自分のためではあるけど。

牛乳とか、チーズとか、卵も欲しいし。

「ロイス兄さんのためにかぁ……何ができるだろう？」

王都に食料を仕送りとか？　……良いかも。

でも、途中で馬鹿な貴族達がちょっかいを出してくるかも。

きちんと民に行き渡るようにしないと。

「送るなら、直接送った方がいいね。それこそ、ライル兄さんとか俺とか」

あとは他国との関係性……たしか、東にある大国バルザークとは仲が良くなくて。

「俺ってば、全然勉強してこなかったからなぁ……ハア、情けない」

「マルス様？」

「あれ？　シルク？」

いつの間にか、シルクが隣に立っていた。

「大丈夫ですか？　頭を抱えていましたけど……具合でも悪いですの？」

「へ、平気だよ！」

近いよ！　自覚して！　良い匂いがするから！

何より……童貞を殺す体形してるんだから！

「でも、おでこが熱くなってますの」

「き、気のせいだよ」

だから、前かがみにならないで！

心配してるからか、まるで無防備ですから！

「でも……」

「そ、それより！　なんか用だったの？」

「い、いえ……マルス様は何処かなって」

「うん？　だから用があったんじゃないの？」

「むぅ……用がなきゃダメですの？」

なんで怒ってるの？　待て待て、俺が何かしたのかな？

……何もした覚えがない。

しかし、女子というのは理不尽だと聞いたことがある。

とりあえず、何か言わないと……。

「ふ、二人きりだね！」

「ふえっ!? は、はぃ……」

「そういや、ここんとこ忙しくて……」

……それだァァ！

今度二人で出かけようって言ったのに――出かけてない！

マルス君！ ピンチです！

「ア、アレだね！ お茶でもしようか!? あぁーシルクの入れたお茶が飲みたいな！」

「……ふふ、仕方ないですわ。すぐに入れますの」

すると、鼻歌を歌いながらお茶の用意をし始める。

ふぅ……どうやら、難を逃れたようです。

近いうちに、またお出かけのお誘いをしないとね。

その後、お茶をしながらソファーに並んで座る。

「それで、何か悩みでも？」

「悩みというか、バルザークとの関係ってどうなってるの？」

「……マルス様」

ヒィ!? 冷たい視線が怖いです！

「ご、ごめんなさい！ 常識だよね!?」

「もう！　……仕方ありませんわね。私が、少し教えてあげますの」

「は、はい！　よろしくお願いします！」

シルクと説明によると、東にある大国バルザークは大部分を山に囲まれた不毛な大地のようだ。

ゆえに、国内で争いばかりが起きていると。

その争いを鎮めるために、我が国を敵国としていると。

「……矛先をこっちに向けてるってことだね？」

「ええ、そういうことですわ。もちろん、あわよくば狙っていますでしょうけど。ただ、一番の目的は国民の目を逸《そ》らさせることですわ。我が国が資源を独占しているから、自国が貧しいのだと」

なるほど、民はそれを信じて戦いに出るわけか。

「それって本当はどうなの？」

「もちろん、かの国よりは良いですわ。ですが、分け与えるほどの物は……」

「だよね……そっか、それも解決できるかな？」

「えっ？」

「俺が食料問題を解決すれば、他国にも分けられるかなって」

「問題は色々ありますが、実現すれば良い考えだと思いますわ」

つまり……食料問題を解決することが、結果的にロイド兄さんの助けになると。

「決まりだね。なんとなく、流れが見えてきた」

「ふふ、良い顔ですわ。私も、お手伝いしますの」

「うん、お願い」

結局のところ、食料問題を解決すれば良いんだ。

セレナーデ国も助かるし、ライル兄さんのためにもなる。

姉さんも自国が潤えば、色々と考える余裕もできるだろうし。

では——やるとしますか！

二十五話

翌日の朝、久々にみんなを呼び出す。

獣人達、人族の仲間達だ。

ちなみに、セシリアさんや、バランさんとゼノスさんもいる。

みんなにも、それぞれ関係がある話だしね。

「コホン！　みなさん、お疲れ様です」

「マルス？　どうしたの？　珍しく、はりきって……」

「姉さん、心外ですよ。俺だってやる気を出す時はあります……たまに」

「ふふ、そうね。私達は、黙って聞いていれば良いの？」

「いえ、みんなも疑問があればお願いします。ただ、姉さんが中心だと助かります」

「わかったわ」

全員が頷くのを確認したら……。

「さて、いよいよ一大行事に取りかかろうと思います——魔獣飼育計画です！」

「前に言ってたわね。でも、どうやって？」

「俺の魔法で、この地まで誘導します。そのために、この一ヶ月の間に鍛錬しましたから」

姉さんの魔法実験のおかげで、自分の魔法の扱いにも慣れてきた。

今ならチートに振り回されずに、上手くコントロールできるはず。

「魔法で……どうやって？」

「うーん、説明しづらいです。とりあえず、魔獣達の群れがある場所は判明しましたよね？」

「ええ、そうね。以前リンが見つけた位置に調査隊を派遣したら、オルクスの群れがいたらしいわ」

「ひとまず、オルクスから始めようと思います」

俺が牛乳が飲みたいから！　栄養価も高いし！

ふぅ、言い訳しとかないとね。

「それで、何処におびき寄せる？　……なるほどねぇ、あの指示はそういうことだったのね？」

「はい、そういうことです。獣人達の住んでいたスペースを使います」

俺の政策の一つとして、獣人と人族の和解がある。

ここに来てからの頑張りもあって、それは順調に進んでいた。

なので思い切って、獣人族と人族を分けずに生活させることにした。

二週間くらい経つけど、確認しとかないとね。

「ベア、レオ、獣人族達から不満は？」

「へい、今のところはないっす」

「ああ、俺も問題ないと思う。何かあれば、すぐに俺かレオに言うように徹底している」

獣人族側からは、レオとベアに仲裁役に立ってもらった。

そうすれば、すぐに俺にも情報が上がってくるからね。

「ヨルさん、マックスさん、そちらはどうですか？」

「こちらも問題ありません」

「マルス様が言うならばといったところです」

「うんうん、良かった」

近衛騎士達が護衛に来てくれたから、その分の負担が減った。

だから、レオ達やヨルさん達に新しい仕事を与えたってわけさ。

その四人が中心となって、街の治安を守ってくれている。

「それに、宴も無駄じゃなかったってことだ。あれは、交流の意味もあったし。みんな、知らないから怖いんだよね。接していけば、何ら変わりないことがわかるし」

「ただマルス様がやりたいだけでしたよね？」

「そうですわよね？」

「キュイ！」

「はい！　聞こえません！」

都合の悪いことはシャットダウン！　……それだけ聞くと、悪代官みたいだけど。

「幸い、まだまだ居住スペースは余ってたわ。使っていない家を立て直したり、新たに家を建てたり……でも、増えてきたらどうするの？」

「街道沿いに中継点として、村を作ろうかと思っています。今現在作成している、セレナーデ国に続く道ですね」

「なるほど……森近辺の魔物も排除したし、安全は確保できるわね」

「はい、それに冒険者達の仕事も増えますし」

腕に自信がある者は森で魔物や魔獣を倒し、そうでない者は護衛や警備の仕事に就いてもらえば良い。

それらを、領主として依頼を出して……そうすれば、彼らも生活ができるはずだ。

結果的に経済も回って、領主としても助かるし。

「うん……悪くないわね。色々と甘い点はあるけど」

「それは、私達の仕事ですの」

「シルク……そうね、その通りだわ」

「うん、悪いけどお願いするよ。後は、気になることあるかな？」

全員を見回すと、リンが手を挙げる。

「どうしたの？」

「いえ……群れを見つけた者達からの報告で気になることが」

「……何かあったけ？　俺も聞いてたはずだけど」

「数が少ないかと思って」

「……うん？」

「群れをなしているにしては、数が少ないと思います」

「……たしかに」

森の調査を進めているけど、もっと目撃情報があっても良いはずだ。

ブルズ然《しか》り、ゲルバ然り、オルクス然り……意外と群れは発見されてない。

大体、単体か番《つがい》で発見されている。

「あっ――いや、しかし……」

「ヨルさん？　何か気になることが？　もしあれば、遠慮なく言ってね」

「実は、いくつかの場所で魔獣が惨殺されていたそうです」

「えっと、食われていたわけでもなく？」

「はい……見るも無惨な姿で」

おかしい……戦って勝ったなら、普通は食べるはず。

それが魔獣であっても、魔物であっても。

「その者は怖くなって逃げたそうなので、信憑性《しんぴょうせい》が低かったのですが……」

「……調べる必要がありそうだね」

計画の途中で、そんなモノが現れたら台無しにされちゃうし。

後顧の憂いは断つに限るよね！

二十六話

みんなが帰った後、惨殺を目撃したという兵士をリンと一緒に呼び出す。

すると、いたって普通の若者がやってきた。

「さて、君が見たのはどんなモノかな？」

「は、はい！」

何だろ？　ガチガチに緊張してるけど……。

あっ、逃げたから怒られると思ってるのかな？

「大丈夫、別に怒ってるわけじゃないから」

「ほ、本当ですか？」

「うん、仲間を置いて逃げたとかなら別だけど。君が発見した時は、何もいなかったんだよね？」

「は、はい……本当に良い人なんだなぁ」

「はい？」

良い人？　なんのことだろう？

「い、いえ！　……そうです、私が見た時は何もいなくて。ただ、魔獣の死体が散乱してて……

真っ二つになっているモノ、首だけがないモノ、バラバラにされているモノ……様々な死体が」

「フムフム……食べられた形跡はなかったんだね？」

「はい、多分ですけど。その……怖くなって、すぐに逃げてしまったので」

信憑性は低いけど、やっぱり気になるね。

「何か、わかることは？　もちろん、確証はなくて良いから。あとで違っていても、それで責めたりはしないと約束するよ」

「わかること……何か、とてつもない力で粉砕？　斧《おの》とかですかね？　もしくは、引きちぎられた感じでしょうか？　あっ——あと、二つの足跡がありました！　蹄《ひづめ》みたいな感じの！　結構大きかったです！」

「なるほど……わかった、ひとまず下がって良いよ。色々とありがとね」

「い、いえ！　お役に立てて光栄です！　し、失礼します！」

最上位の敬礼をして、若者が部屋から出ていく。

……王族っていうのには、未だに慣れないなぁ。

「はぁ……」

「ふふ、お疲れです」

「いやぁ～、どうしても慣れないね」

自分が、相手に緊張感を与えてしまう存在だということを。

まあ、俺にできることは……なるべく、威圧的にならないようにすることかな。

無駄に偉そうな奴って、前の世界から嫌いだし。

俺は、たまたま王族に生まれただけって話だ。

そこを勘違いしちゃいけないよね。

「それで良いと思いますよ？」

「えっ？」

「今の兵士も、いたく感動していましたから」

「そうなの？」

特に感動する場面なんかなかったけど？

とりあえず、偉そうにしないように気をつけたけど。

「それが、マルス様の良いところです。ずっと、変わらない……私は、それに救われたのですから」

「よくわからないけど……まあ、良いや。俺は、俺の思う通りにやるしかないし」

「ええ、それで良いんです。後のことは、私達が支えましょう」

「うん、お願いね」

さて……あとは、姉さんに報告と聞き込み調査をするかな。

それから数日後、姉さんの部屋に呼ばれる。

「マルス、文献を調べてみたけど……一つだけ、それらしいモノがあったわ」

「さすがは姉さん！　あれ？　随分と暗い顔してるね？」

姉さんにしては珍しい表情だ……それだけ、やばい奴なのかな？

「ええ……とてつもない怪力の持ち主で、二本足で立つだけじゃわからなかったけど、蹄のような足跡でわかったわ。そいつは――」

姉さんからその単語を聞いた俺は、すぐに頭に映像が浮かんできた。

「あれ？　それって……」

「あら？　知ってるって顔ね？　何故かしら？」

まずい！　こんな時は伝家の宝刀だ！

「ほ、ほら！　俺だって、書庫にこもってたし！」

「……まあ、良いでしょう。それで、どうするの？」

「うん？　決まってるよ——倒すよ」

俺の予想通りなら、あんなのは放置できない。

「でも危ないわ。目撃証言も、ここ数十年はない魔物よ？　その強さも……伝承通りなら、A級冒険者でも手こずったとか」

「へぇ、それは強そうだね」

「わ、私もついていこうかしら？」

「ダメだよ、姉さん。姉さんは、替えが利かないんだから」

王家唯一の女性としてもそうだし、有数の知識者としても。

姉さんが最近は前線に出ない理由も、それが大きい。

みんな、本当は研究や指導をメインにさせたいはず。

何より、姉さんを戦わせるわけにはいかない。

「でも、マルスの代わりだっていないのよ？　少なくとも、私達にとっては……」

「わかってるよ。大丈夫だよ、姉さん――俺は姉さんより強いから」

「……へぇ？」

怖っ!?　目が怖っ!?　今、光ってなかった!?

でも、ここで引くわけにはいかない！

「試してみる？」

「フフフ……良い度胸ね。ええ、良いわよ」

「じゃあ、ついてきて」

俺は震える身体を抑えつけて、堂々と先を歩いていく。

「……背中、大きくなったわね」

「えっ？」

「いえ、なんでもないわ」

道中にリン達がいたので、立会人を頼みつつ……都市の外へと出ていく。

「あら、みんな勢揃いね」

「まったく、姉貴も過保護だよな――ヒィ!?」

姉さんの視線をくらい、兄さんが震え上がる！

あれ？　俺、選択間違ったかな？

あれに喧嘩《けんか》売ったんだよね？

「ライル？　貴方もやるかしら？」

「い、いえ！　結構です！」

「ははっ！　情けねえ！」

「うるせえ！　ゼノス！」

「二人とも、お静かに」

バランさんの一言でみんなが静かになり、そのバランさんが一歩前に出てくる。

「では、私が立会人を務めましょう。近衛として、危険と判断したら問答無用で止めに入ります故」

「ええ、それで良いわ」

「うん、問題ないよ」

みんなが離れたのを確認し……いよいよ、姉さんと対峙する。

あの時とは違うってことを姉さんに見せつけないとね！

姉さんに安心してもらうために！

二十七話

さて、やるからには本気でいかないとね。

A級クラスであるライラ姉さんを納得させるのには、辛勝ではダメだ。

心配かけないためにも、完勝しないといけない。

「姉さん、どっからでも良いよ。好きに撃ってきて」

「舐められたものね――いくわよ！」

姉さんの周りに、次々と無数の火の玉が浮かび上がる！

「流石は姉さんだね」

「あら？　余裕ね？　そっちも準備しなくて良いの？」

「うん、平気だよ」

「ふーん……なら――スターフレイム！」

そして――火の玉がいっせいに向かってくる！

「さて……水の滝《ウォーターウォール》」

イメージして魔力を込めると……俺の目の前に水の滝が現れ、火の玉をかき消していく。

「なっ!?　溜めもなしに!?」

「もう終わりかな？」

「……フフフ、そんなわけないじゃない」

目が怖いよぉ〜！　強いとかじゃなくて怖いよぉ〜！

足が震えそうになるよぉ〜！

こっちは、姉さんを怒らせてはいけないいって刷り込みがあるんですよ！

「で、ですよね〜」

「楽しくなってきたわ……さあ！　どんどんいくわよ！」

「あぁ〜！　嬉しそうな顔ですね！　もう！　どんとこいです！」

あれ？　趣旨が変わってきてない？

……まあ、いいか。

とりあえず、姉さんを完膚なきまで倒すため……準備をしておく。

「風よ！　吹き飛ばせ——エアバースト！」

視界を覆い尽くす緑色の壁が迫ってくる！

「じゃあ……アースクエイク」

大地が盛り上がり、風の勢いを相殺する。

それどころか、風を飲み込んで……姉さんに迫っていく！

これは単純に、俺の込めた魔力が大きいからだ。

「なっ!?　そんなに魔力の差があるの!?」

「どうします？　止めますか？」

俺はいつでも解除できるようにコントロールしている。

間違っても、姉さんに傷をつけないために。

姉さんは怒るかもしれないけど、そこだけは譲れない。

「まだよ！　エアプレッシャー！」

風の圧力で、俺のアースクエイクが押しつぶされる！

「流石だね……アースランス！」

「くっ!?　ウインドカッター！」

次々と魔法を撃ち出していき、それを姉さんが相殺する。

そして、終わりが見えてこなそうだったけど……。

「ハァ、ハァ……」

「もう終わりかな？　まだまだ魔力には余裕があるよ？」

「恐ろしい子ね……でも――風よ！　火よ！」

姉さんの背後に、次々と火の玉と風の玉が出現する。

魔法を唱えてもいないのに、流石は姉さんだね。

俺のやることを真似してるんだ。

神様からチートをもらった俺とは違って、本当の天才だ……すごい人だなぁ。

姉さんは、本当は優しい性格だって知ってる……今ならわかる。

きっと……俺達三人のために、強くあろうとしていたんだ。

「だからこそ……俺がやらないと！　そのために――この力があるのなら！」

「いくわ――火と風よ！　混じり合い全てを薙《な》ぎ払《はら》え！　ファイアーストーム！」

火の球と風の球が合体し、大きな渦になる！

俺との実験で覚えたに違いない。

しかも、その威力は絶大で……俺の魔法を飲み込んでいく！

「混合魔法……！　本当にすごいや……でも！」

迫りくる炎の竜巻を目の前にしても、俺の心は平常心を保っていた。

故に焦らず、魔力を込める――すでに布石は打ってある。

「泥の壁よ！」

まずは泥の壁を出現させる！

それに炎の竜巻が当たるが……。

「くっ⁉　壊せない⁉」

「土が混じってて頑丈だからね」

火と風の混合魔法を、水と土の混合魔法で防いだ形だ。

ただしその余波はすごくて、目も開けていられないくらいだ。

でも……もう、仕込みは完了してる。

「もっと、魔力を……！」

「いや――もうチェックメイトだよ」

「……どういうこと？」

すると、バランさんが動く。

「ライラ様、貴女の負けてございます」

「な、なんでよ？」

「上をご覧になってください」

「上？　上がどうか……まいったわね」

姉さんの頭上では……火の槍、水の槍、土の槍、風の槍が浮いている。

魔法が当たる衝撃の隙を見計らって、こっそりと作っておいたものだ。

「どうする？　まだやる？」

「……いいえ、私の負けね。私は、マルスの魔法を相殺するのに精一杯だったのに……その間にも、私の頭上に魔法を置いておくなんて。しかも、いつでも撃てる状態で。そんなことをするには圧倒的魔力と、繊細なコントロールが必要になるわ……完敗ね」

「じゃあ、俺の勝ちだね」

魔法が収まったので、俺はゆっくりと姉さんに近づいていく。

「マルス？」

「姉さん」

そして、優しく頭を撫でる。

「な、なに!?」

「もう、平気だから。大丈夫、もう守ってくれなくて良いんだよ。むしろ、俺が姉さんを守れるようになるから」

「そんな……でも」

「今までありがとう、ライラ姉さん。俺達兄弟のために、色々と頑張ってくれて」

「別に……そんなつもりはないもの。ただ、それが私の役目だったから」

俺は姉さんの涙を拭う。

「うん、今ならわかるよ。まあ、散々世話かけた俺が言うのも何だけど……もう、自由になって良いんだよ。姉さんは、自分の幸せを願ってください……それが、弟の願いです」

「まあ、生意気ね。でも……ありがとう、マルス」

そう言って、今まで見たことない笑顔を見せる。

まるで少女のような……もしかしたら、これが本来の姿なのかもしれないね。

二十八話

……なんだ？　息苦しい？　柔らかなものに包まれてる？

「ムグゥ……」

「スゥ……」

そうだった、あの戦いの後の夜、姉さんが一緒に寝ようって言ってきて……。

恥ずかしいけど、それで姉さんの不安が消えるならと了承したんだった。

「でも……くるちい」

「ん……」

抱き枕にされて、俺の顔は胸元に埋められてる……このままでは窒息してしまう！

「ね、姉さん……！」

「……マルス？　どうしてここに？　あらあら、お姉ちゃんと寝たかったの？」

そう言い、俺の頭をいい子いい子してくる！

この人寝ぼけてるよ！　たしかに、小さい頃はよく寝てたけど！

「ち、違うよ……！　姉さんが、俺の部屋で寝てるんだよ……！」

「……あら、マルスが大きいわ」

「当たり前です、もう成人してますから」

するると力が弱まり、何とか脱出可能となる。

「ごめんなさい、マルス……少し寝ぼけていたわ」

「べ、別に良いですよ。ただ、俺も子供じゃないんで……」

「……でも――可愛いもの！」

「グヘェ!?」

再び、谷間に顔が沈み込む！

誰かァァァ！　助けてェェ――！

◇

ふふ、素敵な時間だったわ。

「昨日は、思いっきり魔法を撃てたし……私と撃ち合える人なんて、この国にはいないもの。実力もそうだけど、一応王女だしね。まさか、マルスがあんなに強くなったなんてね」

この私を、実力で完全に圧倒していたわ。

あんなに小さくて、可愛かったのに。

「それが、いつの間にか男の子の顔になって……」

姉さんの幸せを願ってるとか……もう、私の出番は終わりってことかしら。

「寂しいような、嬉しいような……なんか複雑ね」

まあ、マルスが可愛いことには変わりないから。

これからも、可愛がるだけだわ。

「久々に一緒に寝たけど、とっても幸せだったもの。また、頼んでみようかしら？」

そんなことを考えながら、ご機嫌で歩いていると……。

「あら、セシリア」

「ライラか。随分とご機嫌だな？」

「ええ、それはもう」

「いやはや、いい関係だ」

セシリアとは、対等な友人関係にある。

同じ長女で、同じくらいの年齢、同じ王女……これだけ条件が揃ってる人もいないものね。

まあ、本当の家族になって良いくらいには気に入ってるわ。

あのライルで良いのかだけは疑問だけど。

「貴女は……いえ」

「そう気を遣わないでくれ。まあ、私は妹達に嫌われてはいないが……やはり、色々とあるのだ」

「私で良ければ話を聞くわよ？」

「そうだな……それも良い。では、今度機会があれば相談しよう」

「ええ、いつでも良いわ。それより、あの馬鹿とはどう？」

あんなでも弟だし、少し気にはなるわよね。

「ふむ、良き御仁だと思う。下卑た視線もなく、真っ直ぐというか……慣れないものだ」

「あら……でも、わかるわ」

「ライラもか？」

「ええ。お兄様やマルスに、自分の幸せを考えてと言われたけど」

性格はきついし、今までモテた経験もないし。

こんな私をもらってくれる人いるのかしら？

「お互い、恋愛には疎《うと》そうだな。まあ、行き遅れ同士……相談するとしよう」

「ええ、そうね。そういえば、何処に行こうとしてたの？」

「マルス殿に用があってな」

「あら、ごめんなさいね。もう起きてるから平気よ」

「そうか。では、失礼する」

セシリアと別れ、自分の部屋に戻る。

「恋愛かぁ……」

全然考えてこなかったし、どうしたら良いのかしら？

「まあ、焦ることないわ。最悪、しなくても良いし。マルスとシルクの子供を可愛がる伯母さんっていうのも素敵よね」

そう決めた私は、着替えて食堂に行くことにする。

◇

あの後、リンが入ってきたことで、何とか生還を果たす。

「ふぅ……ひどい目に遭った」

「よっぽど嬉しかったんでしょうね」

「まあ、良いけどさ」

姉さんはスキップしながら、ご機嫌に部屋から出ていった。

これで不安が消えるなら、尊い犠牲だよね……おかげで、俺は死にかけたけど。

「ライラ様も、色々とお悩みらしいですから」

「そうなの？」

「ええ、シルク様とともに少しお話をしました。これから先のことを、どうしようかなと。今までは、ライラ様……家族のことしか考えてなかったみたいですから」

「まあ、恋愛どころじゃなかったもんね。けど、俺のやることは決まってるよ。世話になった大好きなライラ姉さんが、幸せになってくれたら良い。それが何であれ、協力をするだけだよ」

「ええ、そうですね」

姉さんは多分モテるけど、自覚はなさそうだし。

というか、恐れ多くて中々近づけないよね。

「良い人いないかなぁ……」

「意外と側にいるかもですよ？」

「えっ？　そうなの？」

「ええ、そういうものですよ」

「ふーん、とりあえず朝ご飯を……あれ？」

着替えをしようとすると、ノックの音が聞こえる。

「はい？　だれかな？」

「すまない、マルス殿」

「セシリアさん？　入って良いですよ」

「では、失礼する」

律儀に返事を待ってから、一礼して入室してくる。

何というか、できるカッコいい大人の女性って感じ。

姉さんとは、また違った意味で。

「どうかしましたか？」

「いや、今朝早くに本国から輸送隊が来てな」

「あっ、そうでしたか」

そういえば、一回視察しに来るって言ってたね。

俺ってば、そういうのは本当にダメだからなぁ。

ほとんど、シルクに任せちゃってるし。

「視察をしたいそうだが、構わないだろうか？　シルク嬢に聞いたら、マルス様の許可が必要だと言われたのでな」

「あらま、シルクらしいね」

「はい、そうですね」

俺は、そんなこと気にしないけど……。

きっと、領主である俺をないがしろにしないためなんだろうなぁ。

「うむ、立派な女性だ。器量も良いし、頭もいい、気配りまでできると……ふふ、マルス殿は幸せ者だな？」

「はい、そうですね。ほんと、俺には勿体ないくらいの女性です。シルクは素晴らしい女性ですから。可愛いし、しっかり者だし」

「そうかそうか……だそうだぞ？」

「ひゃい!?」

あれ？　なんか、変な声が……すると、セシリアさんの後ろからシルクが姿を見せる。

「あ、朝ご飯をご一緒しようかと思いまして……」

「そ、そっか！　じゃあ、着替えるね！」

「わ、私は、先に行っておりますわ！」

そう言い、足早に去っていく……聞かれてたァァァァ！

「初々しいものだ」

「はめましたね？」

「何のことだ？　では、私は先にいただいたので」

そして、セシリアさんも部屋から出ていく。

むぅ、中々手強い人だなぁ。

ライル兄さん……頑張ってね。

二十九話

着替えを済ませたら、俺も食堂へと向かう。

「シルク、おはよう」

「お、おはようですの」

何やらモジモジしてるけど……はい、眼福です。

無意識のうちに谷間を寄せてますし、単純に可愛いです。

よし！　領地開拓を頑張ろう！　男とは単純な生き物なのです！

そして、軽く食事をしながら……。

「それで、出発はいつにするのですか？」

「うーん……今日は、みんな調整中だからね。リンもでしょ？」

「ええ。ライラ様曰く、手強い相手だそうですから。私も、一ヶ月の成果をまとめる予定です。レオやベアも、今日のうちに万全の状態に仕上げると。マルス様の足手まといにだけはなりたくないからと」

「そっか……うん、ありがたいね」

昨日は我ながらチートを発揮したけど……みんな、それに頼りきるつもりはないみたい。

それぞれにできることを考えて行動する、それが正しい姿な気がする。

「では、明日ですか？」

「そうだね。明日、出発しようと思う」

「そうですか……」

ん？　なんだか暗い顔をして、心ここにあらずって感じだ。

すると、リンが耳元で囁《ささや》く。

「マルス様、不安を取り除いてあげないと」

そっか、シルクはついてこれないもんね。

癒しの力はあった方が良いけど……何かあったら、オーレンさんに合わせる顔がない。

「シルク、大丈夫」

「マ、マルス様？」

俺はシルクの両肩に触れ、こっちを向かせる。

「きちんと帰ってくるからさ……ねっ？」

「……約束ですわよ？」

「うん、わかった。俺が約束を破ったこと……あらら、一杯あるね」

ついこの間、今度は二人きりでデートだって言ったのに。

「ふふ、良いんですの。ガツガツしてる殿方は苦手ですから」

「そ、そっか……」

あ、危なかったァァァ！　ヘタレで良かった！　……少し複雑ですけど。

「でも、たまには……その」

「そ、それじゃ……帰ってきたら、出かけようか？」

「はい！」

そう言って、満面の笑みを見せてくれた。

どうやら、正解だったらしいです。

食事を終えた後、散歩に出かける。

「ルリ、行くよ」

「キュイ！」

「ほんと、大きくなりましたね」

「まあ、一メートルくらいあるからね」

シルクは輸送隊と話があるので、リンと一緒に散歩する。

「キュ、キュ、キュ～」

ふわふわと宙を浮かび、ご機嫌な様子だ。

「ところで、戦闘訓練はしないのですか？　ドラゴンといえば、高位の存在で最強の魔獣とも言われてるみたいですけど」

「うーん、少し悩みどころだね。あんまり強いからって、無理矢理戦わせるのはなぁ。飛ぶ訓練は本人も楽しんでるけど、強いイコール戦いが好きってわけじゃないし」

「なるほど、相変わらず優しい方ですね」

「別に、普通だと思うけど……俺達に言葉はわからないけど、ルリの意思はあるわけだし。もちろん、本人がやる気なら問題ないけどね」

前世でも、子供を自分の思い通りに育てようとする親や、ペットを何かおもちゃのように扱う人達もいたけど。

あんまり、いい気分にならなかったし。

「……本当に、変わらないですね。私が戦いたいと言った時も、複雑な表情をしてましたからね」

「まあ……ね。今更だけど、無理してない？　リンが強い種族なのは知ってるけど、それとこれとは話が別だし」

「いえ、無理も後悔もしていませんよ。むしろ、あの時の自分を褒めてあげたいくらいです。そのおかげで、こうしてマルス様のお役に立てますから……」

うーん、心配だ。

リンは、俺のことになると無茶するし。

多分、主人としてほっとけない感じなんだろうなぁ。

「でも、最近も根を詰めてるじゃない？」

「マルス様といえど、これだけは譲れません」

「そ、そう……俺に何かできることがあったら言ってね？」

「大丈夫です……今、してもらいましたから。それに、この状況も……」

「へっ？　何もしてなくない？」

「ほら、行きましょう。ルリが待ってますよ」

ルリを追って、先に歩き出すリンの尻尾は……ゆらゆら揺れている。

つまりは、相当ご機嫌ってことだよね？

あれ？　……何したっけ？

考えてみたけど……うーん、よくわからないなぁ。

その後、散歩から帰ってくると……玄関の前で、二人が待っていた。

「マルス殿、戻ってきたか」

「マルス様、お帰りなさいませ」

「セシリアにシルク？　どうしたの？」

「少し、良いだろうか？」

「はい、もちろんです」

「じゃあ、私はルリを連れていきますね」

「キュイ！」

リンにルリを任せて、二人の後についていくと……厨房内に到着する。

「それで、どうしたの？」

「いえ、マルス様の確認をと思いまして。セシリアさん、お願いしますわ」

「うむ……これなんだが、マルス様のお気に召すかな？」

そう言い、箱の中から何かを取り出す。

黒い液体？　醤油とは違いそうだけど……まさか！

「よ、よく見せてもらっても!?」

「ああ、もちろんだ」

俺は恐る恐る、それを受け取る。

そして、ビンの蓋を開けて……確信する。

「ソ、ソースだァァ！」

「ソース？　それは我が国の一部の地域で作成しているタレだが……」

「い、いや！　文献にはソースって書いてありましたし！」

「そうなのか？　……まあ、良いか。どうやら、お気に召したようだし」

アブナイアブナイ……伝家の宝刀も、そろそろ厳しいなぁ。

「もちろんです！　シルク！　これ買って！　お願い！」

「わ、わかりましたわ！　か、顔が……はぅ」

「わぁ!?　ご、ごめん！」

いつの間にかシルクの両手を握って、思いきり顔を近づけていた！

「い、いえ……コホン！　か、買い取らせていただきますわ」

「それは良かった。お酢を気に入ったマルス殿ならどうかと思い頼んでおいたのだ」

「セシリアさん！　ありがとうございます！」

これでトンカツ！　焼きそば！　色々食べられる！

なにより、今はアレがある……冷凍しておいたアレが。

「どうせなら、アレも欲しいよね」

はい！　ソースと仲良しと言えばマヨネーズですね！

ククク、強い魔物かなんだか知らないけど……さっさと倒して卵をゲットしないとね！

三十話

翌日の朝、準備を済ませて獣人達が暮らしていたエリアに行く。

何故なら、魔の森へと続く扉を作ったからだ。

危険はあるけど、このエリアには人は住まないし……こうすれば、魔の森から直接魔物を誘い出すことも可能だからだ。

「マルス、無茶しちゃダメよ？」

「うん、ライラ姉さん」

「マルス、気をつけろよ？　しっかり周りを頼れ。レオ、ベア、リンは俺達が鍛えておいた。もはや、全盛期に戻っているだろうよ」

「うん、ライル兄さん。色々とありがとう。ゼノスさんにバランさんも、みんなを鍛えてくれてありがとうございます」

ライル兄さんの側にいる二人に、相手が困らない程度に軽くお辞儀をする。

本当なら、こんなことに無償で奉仕させて良い相手じゃないんだ。

かたや魔法剣士で侯爵家嫡男、かたや若手の近衛騎士で最強と言われてる人だ。

「マルス様、頭をお上げください。本当なら私がお守りしたいですが……」

「ううん、バランさんには近衛をまとめてもらわないと」

「俺はついていっても良かったけど？」

「何を言ってるんですか？　嫡男である貴方を連れていけるわけないです」

この人に何かあったら、オーレンさんの領地を継ぐ者がいなくなってしまう。

何より、シルクが悲しむ。

ここ一ヶ月の様子を見てたけど、ものすごく仲が良い。

言い合いをしながらも、それぞれが心の中で認め合ってる感じかな？

「別に問題なくね？　最悪、マルス様が婿に入って継げば良いし」

「……へっ？」

「何を呆《ぼ》けてるんですかね？　まさか、あんな可愛い妹と結婚しないとか？」

その言葉に……俺は、リンと話しているシルクを見る。

「リン、頼みますわ」

「ええ、お任せください。この命に代えても、マルス様をお守りします」

「馬鹿を言わないでください。貴女も、無事に帰ってこないと怒りますわよ？」

「シルク様……はい、ありがとうございます」

……そうか、その可能性もあったのか。

全然、考えてなかったや。

するとゼノスさんは俺の肩を組んで、端っこの方に連れていく。

「良い女じゃね？　好きな男の側にいる女に向かって、ああして本気で言えることが」

「す、好きな男……でも、そうですね」

「ところで……胸は揉《も》んだか？」

「……はい？」

この人、何言ってんの!?　馬鹿なの!?

「その顔は揉んでないと。勿体ない、あんなに成長したのに」

「い、いや、そもそも結婚もしてないですし」

「かぁー！　お堅い！　良いじゃんか別に。いずれもらってくれるなら、少し早いか遅いかの違いだし」

この人、本当にオーレンさんの息子？　軽すぎじゃない？

「そ、そういうわけにもいかないですよ」

「……触りたくないのか？」

「へっ？　そ、そりゃ……触りたいですけど」

「なら――触ればいい。兄として、許可する」

「いやぁ、そういうわけにも」

触りたいけど、そこで止まる自信がないし。

シルクのあれは、もはや凶器である。

「お・に・い・さ・ま？」

「げっ!?」

「し、シルク⁉　いつから⁉」

「さ、先ほどからですわ……この――バカァァァ！」

「あべしっ⁉」

盛大な平手打ちをくらい、ゼノスさんが吹き飛ぶ！

「も、もう！　何を吹き込んでますの⁉」

「い、いや！　俺はだな！　マルス様にリラックスしてもらおうと思って！」

「ほ、他に方法がありますでしょ⁉」

「お、俺だって大変なんだよ！　孫が欲しいとか呟《つぶや》いてくる親父の愚痴を聞くの！」

「ふえっ⁉　お、お父様が⁉」

初耳です……あのオーレンさんが、そんなこと言うとは。

「はぁ、どこの世界でも一緒ってことか」

「マルス様？」

「ううん、なんでもない」

アブナイアブナイ。

すると、何やらシルクがモジモジしています。

「その……触りたいですの？」

「へっ？　何を？」

「だから……その、私の身体というか……」

き、聞かれてたァァァ!?　どうしよう!?

「いやぁ？　別にぃ？」

「……マルス様？」

「……はい！　ごめんなさい！　だから、そんな目で見ないでください」

何やら、冷たい視線を感じます。

でも、男の子なんだから仕方ないよね！

「もう……その、あれですわよ？　けっ、結婚したらいいですから……」

「ぐはっ!?」

何という破壊力！　もはやツンデレは何処に!?

そして、見事な天然ぶり！

恥ずかしがって縮こまってるから――はい、谷間がすごいです。

「マ、マルス様？」

「だ、大丈夫……ちょっと膝にきただけだから」

「そ、そうですの？」

「うし！　頑張るぞ！　行ってくるよ！」

「……はい、お気をつけて」

シルク達に見送られ、俺達は都市を出発する。

魔の森の前に来たら、真剣モードになる。

「主人、俺が先頭を行く。どんな攻撃だろうと、初撃は受け止めてみせる」

ベアがその筋骨隆々の肉体を、俺に示してくる。

元々体格は良かったけど、さらに一回り大きくなっている。

さながら、ボディービルダーのようだ。

「では、私が次に。どんな相手だろうと、一太刀入れてみせます」

リンの佇《たたず》まいは、もはや達人の域に達している。

雰囲気っていうのかな？　すごみがある。

「僕は真ん中で、マルス様とラビちゃんをお守りします！」

シロは成長期ということもあって、身体つきが逞《たくま》しくなった。

ガリガリだったけど、肉がついてきて健康的な肉体だ。

昔のリンを彷彿《ほうふつ》させるね。

「わたしは音を聞きます！　どんな音でも聞き逃しません！」

臆病だったラビも、少しずつ変わってきた。

きちんと言葉を発信するようになったし、目も合わせてくれる。

相変わらずドジだけど、それも含めて愛嬌だよね。

「なら、後ろの守りはオレに任せてください！」

色々調べた結果、レオの能力はバランスが良い。

攻撃力、防御力、聴覚や嗅覚など……バランス良く優れている。

特に考えた陣形じゃないけど、結果的にベストを選んでいたらしい。

「みんな、頼りにしてるよ。それじゃ——行こう」

陣形を組んで、俺達は魔の森へと入っていく。

覚悟しろ！　俺のスローライフを邪魔するヤツ！

三十一話

慎重に、魔の森を進んでいく。

「うん、静かなもんだね」

「ええ。この辺りには、もう魔獣や魔物はほとんどいないみたいですね」

冒険者や兵士達のおかげだろう。

この辺りなら、開拓を進めて良いかもしれない。

見張り台や、狩りをする拠点とか作ったり。

その後も進むが、特に問題はない。

なので、リンと軽く話をする。

「放牧なんかもありかな？」

「放牧とは何ですか？」

「うんと……飼ってはいるけど、普段は自由にさせてる状態かな。草木があって、その方がストレスも少ないだろうし」

「なるほど、今ある都市を広げるのですか？」

「そうだね。獣人達が暮らしてた場所は、魔の森に接しているから……すでに工事を行って扉は作ってある。生まれた個体だけを、中で飼えば……」

そうすれば、元々いた個体はストレスが減る。

生まれた個体は、元々魔の森で過ごさなければ違和感はないかな？

「住む環境が大事だというのはわかりますね」

「そうだね、それは誰でもそうかも」

「ですが、工事をしながら魔物や魔獣退治は難しいのでは？」

「うーん……検証をしてみないことにはわかんないけど。多分、魔獣に関しては問題ないと思う」

「それは何故ですか？」

……どうしよう？　前世の知識をどう説明する？　いや、普通に言えば良いんだ。

変におどおどするから、変な感じになるんだよね。

別によくよく考えれば、誰だってわかることだし。

「えっと、彼らには知性はあるかどうかわからないけど本能はあるはず。そして、そこに行くと危険だと判断すれば、近寄ってこないと思うんだ」

「……道理にかなってますね。では、魔物は？」

「間違いなく来るだろうね。でも、それならそれで良い。どうせ、魔物は駆逐しないといけないし」

「おびき寄せる餌にもなると。危険ですが、利点がありますね」

「うん、そう思う。まあ、シルクやライラ姉さんと相談するけど」

その後、巡回している兵士達に挨拶をしつつ進んでいく。

「みんな、ここからは気をつけろ」

「うん、兵士達が巡回できないエリアだからね」

ベアの言葉に、みんなが頷く。

兵士達が巡回できない、つまり敵が強いってことだ。

そして、しばらく進んでいくと……。

「ベアさん！　何かいます！」

「フンッ！」

ラビの声に反応したベアが、両腕で何かの攻撃を受け止める！

あれは……例のカマキリか！

「ベア！　隙を作ったら下がってください！」

「おう！」

ベアが力ずくでカマキリを吹き飛ばすと……まるでゲームのスイッチのように、ベアとリンの立ち位置が入れ替わる。

「キシャァア！」

「お前など――もう私の敵ではない！」

尻餅をつきながらも攻撃を仕かけようとしたやつは……。

「クカ……」

「ふぅ……」

目にも留まらぬ速さで抜刀したリンによって、首を落とされていた。

「す、すごい！　リン！　前は苦戦したのに！」

「あ、ありがとうございます……でも、ベアが隙を作ってくれたからです。あの攻撃を無傷で受け止められるのはベアかレオくらいでしょう」

「いや、俺は受け止めることしかできん。リン殿の攻撃力あってのことだ。何より、ラビがすぐに気づいてくれたからな」

「えへへ……良かったですぅ」

「うんうん、みんな成長したね」

「シロ！　オレ達も負けてられねえな！」

「はいっ！　頑張ります！」

「うんうん、二人とも頼りにしてるからね」

助け合える仲間がいるって良いね。

ということは、俺もサボってばかりじゃダメだよねー。

「二時の方向から複数の気配がします！」

「同じくです！」

シロの鼻と、ラビの耳が何かを捉えた。

「複数なら俺の番だね」

「では、私がお側に」

ベアが少し下がり、俺とリンが前に出る。

「さて……来たね」

「ブルァ！」

「ゴァ！」

上位種であるゴブリンジェネラル、オークジェネラルの群れが。

さらには、後ろからどでかいトロールまでいる。

「さすがは森の奥地ですね。これは、普通の兵士では対応できません」

「うん、そうだね——邪魔だから消えてもらうよ《エアプレッシャー》」

すでに魔法を放つ態勢に入っていたので、迫りくる魔物を風の圧力で潰していく！

「ゴァ!?」

「ブァァ!?」

悲鳴を上げつつ、奴らが魔石になっていくが……。

「むっ？　トロールが動いてる？」

「多分、上位種かと。あの大きさと耐久力は」

リンの言う通り、俺の魔法でも潰しきれていない。

上から圧力がかかってるにもかかわらず、ゆっくりと前へ進んでいる。

多分、トロールジェネラルといったところかな。

「へぇ……それは、ルリに良いお土産ができたね」

「ふふ、そうですね。随分と余裕がありますが、マルス様が仕留めますか？」

「うん、もちろん――焼《フ》け《レイ》ろ《ム》」

「グカァァァァ!?」

奴の足元だけに火柱が上がり、身体を包み込む。

上からの風、下からの炎により身動きがとれない状態だ。

その結果、トロールジェネラルも魔石と化す。

「よし！　特訓の成果が出てきた！」

「ええ、あれでは逃げようがありません」

「まあ、頑張ってコントロールの訓練をしたからね」

そのおかげで、火属性魔法でも森を燃やさないようにできた。

さてさて、こっからが本番って感じかな。

気合い入れて頑張るとしますか！

三十二話

その後も、上位種達を倒していくが……。

「みんな、少し待って」

「どうしたのですか？」

「ちょっと、考えたいことがあって」

「では、俺達で警戒をしておこう」

「ごめんね、こんなところで」

見張りをリンを除く者達に任せて、疑問を口にする。

「なんか、おかしいよね？」

「やはり、そう思いますか」

「うん……強い魔物が多すぎるし、魔獣が見当たらない」

まだ調査が進んでないエリアだけど……それでも、こんなに上位種がいるのはおかしい。

それに、魔獣達もいない。

別に乱獲というほど狩ってもいないのに。

「魔獣は、その例の魔物にやられたのでは？」

「うん、その可能性は高いね。もしくは、危険を感じて奥地に逃げ込んだのかも」

「あとは、強い魔物が多いですか……もしかしたら、我々が倒しすぎたのでは？」

「どういうこと？」

「我々に例えると……魔の森の入り口付近にいる下っ端の兵がやられすぎて、奥地にいる上官が前線に出てきた感じとか」

「なるほど……」

リンの言葉を聞いて、妙に納得した。

部下がやられたから、らちがあかないと思って上官が出てきたと。

「もしくは、餌がいないので探しに来たのでは？」

「そっか、俺達が魔獣を狩ってるからか」

「推測でしかありませんが……」

「いや、ありがとう。お陰で整理できたよ。うんうん、帰ったら姉さんに報告しなきゃ」

リンと話を終えたら、移動を再開する。

もしかして例の魔物も、そういう一因があって出てきたのかもしれないね。

その後、軽食を食べつつ移動していると……。

「師匠……何か匂います！」

「シロ、なんの匂いだい？」

俺の言葉に、シロの鼻がヒクヒクと動いている。

「これは……大量の血の匂いです」

「……アタリかな？　みんな、気合い入れてね」

俺の言葉に全員が黙って頷き、シロが指し示す方向に向かう。

「……これはひどいや」

目の前には、惨殺されたと思われる魔獣の死体が転がっている。

切り刻まれたモノ、押しつぶされたモノなど様々な形で……。

「もはや、原形がないですね」

「うん、ぐちゃぐちゃになってる……」

「斬られたというよりは、潰されたという感じですね」

リンの言う通り……何か、とてつもない力で潰された感じだ。

一体、どんな力で叩きつぶせばこうなるのかな？

もはや、ミンチ肉のようになってる。

「さて、こっからどう」

「ブモォォォォ――――!!」

その時、心臓を鷲掴《わしづか》みされたかのような声が鳴り響く！

「な、何？」

「ヒィ!?」

「きゃっ!?」

俺とラビとシロが尻餅をつく中、三人が動き出す。

「ベア！　私とともに前に！」

「おう！」

「レオ！　三人を頼みます！」

「へい！」

リンとベアが前に出た瞬間——それは現れた。

「ブモォォォォ！」

「……やっぱり、正解だったのか」

三メートル近い大きさと、ボディービルダー顔負けの肉体。

牛のような顔に、右手に大きな斧を持っている。

「ミノタウルス……！」

「ボス、知ってるので？」

「う、うん……名前だけはね」

迷宮の番人、今は魔の森の番人ってところかな。

「ブルァァ！」

「くっ!?」

「ベア！　私を庇うな！」

目の前ではベアが攻撃を受け止めて、リンが攻撃を仕かけている。

でも、リンの攻撃でも傷一つついてない。

「怖がってる場合じゃないね……！」

震える膝を押さえつけて立ち上がる。

「レオ。君は不満かもしれないけど……」

「平気っすよ。オレが二人を守ります。こいつらも仲間っすから」

「ありがとう――行ってくる！」

シロとラビの仕事は、あいつを見つけ出すこと。

もう、十分に果たしてくれた。

リンとベアは、時間を稼ぐこと。

そして俺の役目は、あいつを倒すこと！

俺は駆け出しながら、すぐに魔法を発動する。

「吹き飛べ《エアバースト》！」

「ブガァァ!?」

空気砲をくらい、奴は木々を薙ぎ倒しながら吹き飛んでいく！

「リン！　ベア！　お待たせ！」

「いえ！　お気になさらずに！」

「来たかっ！　作戦はどうする!?　あんなんで死ぬとは思えん！」

ベアの言う通り、奴がすぐに立ち上がる。

「ブモォォォォ！」

「無傷……まいったね」

実際に奴を目にして……一瞬だけ、頭の中でシミュレーションする。

あの威力の魔法が効かないとなると、中々に厳しい。

森を焦土にしていいなら別だけど、それでは本末転倒ってやつだし。

よし、まずは確認だ。

「ベア、肉弾戦で時間を稼げるかい？」

「……やってみせよう。それが、俺の役目だ」

「リン、奴に傷を負わせられるかな？　僅かでもいいから」

「……必ずや」

「よし、二人を信頼するよ。じゃあ、行動開始！」

「おうっ！」

「はいっ！」

ベアが闘志を漲《みなぎ》らせ、ミノタウルスの前に出る。

「かかってこい！　俺を倒さずに通れると思うなよ！」

「ブモォォォォ!!」

「ウォォォ!!」

目の前では、ベアがデスマッチのように殴り合っている！

口から血が流れ、ところどころが腫れ上がっても……一歩も退《ひ》かない！

「ベア……すごいや」

「はい。おそらく、奴と殴り合えるのはベアくらいでしょう」

その光景を見ながら、俺達はそれぞれ魔力と闘気を高める。

ベア……もう少しだけ頑張って！

三十三話

……くっ!?　強い!?

「ブモォォォ！」

「ハァァァ！」

ベアは闘気をまとい、攻撃を必死に受け止める！

斧が当たる部分は特に重点的に……あとは、一歩も引かないために足腰を中心的に。

そして、隙を見ては……拳打を食らわす！

「フンッ！」

「ブモッ？」

「チッ、この程度ではダメか」

当たりはするが、まったく動じていない。

むしろ、俺の拳が痛みを感じているくらいだ。

おそらく、物理的な攻撃ではダメだろう。

「ブモォォォ！」

「ゴハッ!?」

俺の闘気をもってしても——これほどダメージか！

身体中が軋《きし》み、悲鳴を上げている。

これは、レオでは厳しい。

「ブモォォォ！」

「舐めるなァァ！」

拳の連打を繰り出し、一歩も引かずに殴り合う！

「ブモッ!?」

「俺の後ろには仲間がいるのだ！　貴様などにやらせはせん！」

……まさか、この俺が人族のために身体を張るとはな。

「ブモォォォ！」

「ぐはっ!?」

く、くそ……血を流しすぎたか……意識が朦朧としてくる。

◇

……ああ、この記憶は……あの頃の自分か。

「全ての人族が憎い」

奴らは徒党を組んで獣人族を虐げる。

平民達は、自分達が楽をしたいがために……やりたくない仕事を獣人族に押し付けて、憂さ晴らしをする。

自分より下の者を作って、優越感に浸っているのが見え見えだ。

「そして、上にいる奴らもクソだ」

獣人族が奴隷化されているのに何もしない。

それどころか、平民達の矛先が自分達に向かないように獣人族を利用している。

「くそったれな生き物だ」

そんな態度をとっていた俺は、過酷な労働を強いられた。

そこでも反抗的な態度をとり、ついには扱いきれないとされ……。

ほぼ牢屋《ろうや》のような場所に閉じ込められることになった。

そこにはレオも放り込まれ、よく話をしていたものだ。

お互いに認め合う友人のような関係だと思っていた……あと時までは。

「レオ、見損なったぞ」

「い、いや！　違うんだ！　ベア！」

久々に出会ったレオは、人間に付き従っていた。

身綺麗にされ、何やら見たことない獣人の女と一緒に俺を勧誘しに来たらしい。

「何がだ？　同じく人間を憎む同士だと思っていたが……」

「オ、オレだって憎んでる！　でも、それだけじゃダメだとわかったんだ！」

その瞳と言葉には力があり、俺を惑わせる。

何だ？　この変わりようは？　俺と同じように人族を恨んでいたレオが……。

「フンッ、そんなことは知らん」

「なるほど、視野が狭いですね」

「何だと？　人間に媚を売った獣人が何を言う？」

「何度でも言いましょう。視野が狭いと……人族は、あなたが思うような者達ばかりではありません」

な、何だ？　こいつの瞳からも、言い返せない圧力を感じる。

しかし、俺は認めるわけにはいかない。

母を殺され、幼き頃より奴隷として生きてきたのだから。

だが……気になるというのも事実だ。

「お前達の仲間になる気はない。だが、そこまで言うのなら会ってみよう……そのマルスという人族に」

「ベア！　ああ！　それだけでいい！」

「はい、会えばわかりますからね」

「随分と自信があるようだな……」

その後、俺はマルスという人族に会う。

俺が無礼な態度をとっても、まるで意に介さない。

怒ることもなく、ビビるわけでもなく……ただただ、普通に接してくる。

獣人のために色々しているが……かといって、媚びるというわけでもない。

人族にも平等に与えて、みんなでワイワイする姿がある。

なるほど、こんな人族もいるのか。

「レオ」

「おう、どうだ？」

「まだわからないが、ひとまず謝る……すまなかった」

「い、いいんだよ！　わかってくれたらよ」

「感謝する。しかし、まだ許したわけでも認めたわけでもない」

「ああ、わかってるぜ」

俺はその日から、マルスという奴の世話になることにした。

見極めてやろうと……その行動が、うわべだけじゃないということを。

その後、俺はハチミツを一緒に取ったり……そのハチミツを一緒に食べたり。

一緒に戦い、一緒に寝て、一緒に風呂に入る……。

その過程で、憎しみが少しずつ溶けていくのがわかった。

そして、奴を信じるようになってきた。

この男にならば、全てを懸けても良いのでは？　きっと、この腐った世界を変えてくれると。

いや……もし、世界を変えることができなくてもいい。

俺は単純に、このマルスという人族が気に入ったのだ。

ならば、この最強の肉体を持つという熊族の力――主人のために使ってみせようぞ!!

◇

……そうだ！　ここで倒れるわけにいかぬ！

「ブモォォォォ！」

「オ――オオオォォォ!!」

全身に闘気をまとい、奴の攻撃を受け止める！

「ベア！」

「主人よ！　必ず隙は作る！　俺を――信じるがいい！」

「ベア……わかった！　リンもいいね!?」

「はいっ！」

嬉しいものだ……信じてもらい、頼ってもらえることは。

「ブモォォォォ！」

「ミノタウルスかなんか知らないが……」

主人との約束のために――覚悟してもらおう！

三十四話

……我慢だ、今はまだ。

ベアが血塗《ちまみ》れになる中、俺は魔力を集中させる。

隣にいるリンも、静かに闘志を燃やしている。

ベアが、必ずや隙を作ってくれると信じて……。

「ブモォォオォ！」

「くっ!?」

いよいよ、ベアがふらついてきている。

「ッ――！」

「マルス様……！」

「わかってる！　ベア!!　帰ったら――いっぱいハチミツ食べようね!!」

俺の言葉に、ふらついていた身体が止まる。

「フッ……そいつは良い」

「ブモォォオォ！」

「そのためには――貴様は邪魔だァァァ！」

「ブモォ!?」

なんと両手で、空に掲げるようにミノタウルスを持ち上げた！

「ウォォォ!!」

「ブモォォ!?」

そして、そのまま大木に向かって投げつける！

「リン！」

「はいっ！」

ミノタウルスが大木に激突する前に、すでにリンは動き出していた。

そして次の瞬間——ミノタウルスが大木に激突する！

「ブモ!?」

「セァァァ！」

すでに居合い斬りの体勢に入っていたリンにより……。

すぐさま立ち上がったミノタウルスの胸に、刀が吸い込まれる。

「ブモォォォ——!?」

すると——ミノタウルスの胸から鮮血が溢れ出す！

続けて、リンの連続斬りがミノタウルスを攻め立てる！

「ブモォォォ！」

「今です！　マルス様！」

リンとベアを信じていた俺は、すぐに用意していた魔法を解き放つ！

「風よ！　我を押し出せ！」

背中に待機させていた風を発動させる！

「うおっ!?」

ジェットコースターに乗ったような感覚になりつつも、ミノタウルスに一直線に向かう！

「ブモォォォ！」

「させるか！」

「やらせん！」

抵抗するミノタウルスを、リンとベアが必死に押さえつける。

そして、二人がタイミングよく俺の通り道を確保し……。

「くらえ――エアインパクト《風の衝撃》!!」

俺は、リンがつけた傷口に……直接魔法を叩き込む！

「ブモォォォ!?」

奴が苦痛の悲鳴を上げる！

「どうだ!?　やったか!?　――しまったァァ！」

「へっ!?　何がですか!?」

「こういうのって、フラグっていうんだよ！」

「なんだ!?　それは!?」

「ええっと、何でもない！」

しかし、俺の心配は……杞憂《きゆう》に終わったようだ。

「ブモォ……オォォォ」

静かにミノタウルスが倒れ、魔石と化す。

「おっしゃァァァ！」

「ウォォォォ！」

「ふふ、やりましたね」

すると、三人も駆け寄ってくる。

「やったっすね！」

「すごいです！」

「こ、怖かったですぅ～」

これにて、ミノタウルス退治完了だ！

ふふふ、これでスローライフに一歩近づいたよね！

……近づいてるよね？

◇

「……大丈夫か？」

やはり、俺がついていくべきだったか？

ロイス兄貴は結婚したし、仮に俺が死んだとしても平気だ。

それに今のマルスは、この国にとって必要な人間になった。

最悪の場合、マルスが継いでも良いだろう。

何より、大事な弟だ……死ぬのなら、俺の方が良い。

「いや、大丈夫に決まってる。奴らの強さは、俺に匹敵する」

「おいおい、落ち着けって」

ゼノスが、そう言って俺の肩を叩いてくる。

「しかしだな、あれを見てると……」

「マルス達は平気かしら？」

「マルス様、リン……みんな、どうかご無事で」

「うぬぅ……やはり、私がついていくべきでした。マルス様に何かあれば、国王陛下に合わす顔がございません……」

みんながテーブルにつき、それぞれ唸《うな》っている。

あんなのを見ていたら、いくら俺とて心配になってくる。

何せ、相手はミノタウルスだという話だ。

姉貴曰く……俺でも、一人では勝てるかどうかわからない相手らしい。

「ったく、みんな心配性だな。俺達が鍛えたんだ、平気に決まってる。若手の中で王国最強と言われた俺達がな」

「お前は能天気で良いぜ」

「ひどくね？　というか、お前にだけは言われたくないし」

「くく、それもそうか」

「ほれ、風にでも当たってこい」

そう言ってゼノスは、今度は他の奴らを励ましている。

本人には言わないが、あいつのああいうところは良いよな。

ちゃらんぽらんながらも、常に周りの様子を気にしているし。

ああいうのが、世の中に必要な人間ってやつだな……俺とは違って。

ベランダに出て、風に当たる。

「もう、風が冷たくないか……俺は、いつまでいるかね？　リンと、ベアとレオといったか……奴らは、相当な強者になった。俺がマルスのお守りをする必要がないほどに」

兄貴は、落ち着くまで帰ってこなくて良いと言っていた。

まあ、兄貴が国を平定するには俺は邪魔だからな。

「あとは、マルスを見届けて……それが終わったらどうする？」

帰ったところで、俺の居場所はない。

騎士団や兵士となって、戦う日々も悪くないが。

「周りは気を遣うだろうな。何より下手に功績を挙げてしまうと、俺を担ぎ上げる者達が現れるかもしれん。さて……どうかしましたか？」

「いや、すまない。盗み聞きをするつもりはなかったのだが……」

「いえ、お気になさらずに」

いつの間か、セシリアさんがいて……俺の横に立つ。

その横顔は美しく、俺は思わず見惚れてしまう。

「どれ、気晴らしに散歩でも行かないか？」

「へっ？」

は、初めて誘われたぞ!?

「い、嫌なら構わないが？」

「い、いえ！　行きます！」

そして部屋の中に戻ると、ゼノスがウインクをしやがる。

まったく、良いダチを持ったな。

そうだな、まだ時間はある。

俺がどうしたいのか……これから決めていくか。

三十五話

　さて、無事にミノタウルスを倒したけど……流石に、卵を探してる場合じゃない。マヨネーズも食べたいけど、ベアの傷が心配だ。

「主人、俺のことは気にするな」

「そういうわけにはいかないよ」

「なんの、これしきの怪我――くっ！」

　立ち上がろうとするが、すぐに膝をついてしまう。

「ほら、言わんこっちゃない。大丈夫だよ、明日以降また来るからさ。ベアの身体の方が大事だよ。とりあえず、帰ってハチミツ食べよう？」

「主人……すまん」

「ううん、謝ることないよ。ベアがいなかったから勝てなかったかもしれないし。今回の立て役者だもん」

　みんなを見ると、静かに頷く。

「そうだぜ！　ほら！　オレが運んでやる！」

「レオ……すまんな。お前には悪いことを言ったのに」

「はぁ？　いつの話だよ」

「お前と友で良かった。よくぞ、俺を連れ出してくれた。おかげで、人間にも良い奴がいると……知ることができた」

「ああ、そういうことか……へっ、気にすんなよ」

何やら、男同士でわかり合っている……良いなぁ。

熱い友情って感じだね。

その後、ベアを守りつつ、なんとか都市に帰還するが……。

「ベア！　しっかり！」

「……」

先ほどから返事がない！　気を失っている！

「マックスさん！」

「はっ！　すぐにシルク様にお伝えします！」

「ありがとう！」

「レオ！　急いで！」

「へいっ！」

「私も手伝います！」

気を失ったベアを、リンとレオが急いで館へと運ぶ！

そして館の前に到着すると、騒ぎを聞きつけたのか人々が押し寄せている。

すると、すぐに館からシルクが飛び出してくる。

「マルス様！」

「シルク！　お願い！　ベアを治して！」

「マルス様は!?　お怪我は!?」

「大したことないよ！　ベアのが優先だっ！」

その時、何やらどよめきが起こった。

でも、今は気にしてる場合じゃない！

「マルス様……はいっ！」

シルクは何やら感動した様子で、ベアの治療にあたる。

「かの者の傷を癒したまえ――キュア」

シルクが呪文を唱えると……血が止まり、傷が癒えていく。

「ふぅ……これで平気ですわ。ただし、癒しの力はあくまでも応急処置にすぎません。すぐにベッドに運んで治療をしなくてはいけません。そして、栄養のある食事を用意しないと」

「わかった！　みんなお願い！」

俺の言葉に、ヨルさんやマックスさんも反応し……みんなでベアを丁寧に運んでいく。

これでベアは安心だけど、こっちも心配だ。

「シルク、平気？　無理してない？」

「は、はい……平気ですわ」

前も言ったけど、シルクの癒しの力は万能じゃない。

血を止めたり、傷を癒すことはできるけど、中身まではそうはいかない。

頑張れば、それもできるらしいけど……シルク自身の体力を使う。

姉さん曰く、自分の生命エネルギーを変換して癒してるって話だ。

それが、癒しの力が異能と呼ばれる所以らしい。

「何かしてほしいことある？」

「で、では……そこで少し休ませてくださいますか？」

「うん、もちろん」

シルクの手を優しく取り、庭のベンチに座らせる。

「と、隣に座ってもらえますか？」

「えっ？　良いけど……」

俺が隣に座ると、左肩に重みを感じる。

「し、シルクさん？」

どうやら、俺の肩に頭を乗せたかったらしいが……あのぅ、何やら良い香りがします。

「無事で良かったですの……」

「……心配かけてごめんね」

「いえ、信じてましたから。でも、マックスさんが血相変えて駆けつけてきたので……驚いてしまいましたわ」

「……ああ、俺が怪我をしたと思ったのか」

なるほど、それで血相変えて出てきたのか。

「ぁ――もちろん、ベアさんのことを心配しなかったわけではなくて！」

「わかってるよ。シルクは優しい女の子だもん」

「ふふ、先ほどの行動をしたマルス様に言われたくありませんわ」

「へっ？　……何かしたたっけ？」

「……わかってませんの？」

うん？　特に何もした覚えはないよね？

それよりも、澄んだ瞳に吸い込まれそうになる。

アブナイアブナイ！　ゼノスさんが変なこと言うからだよ！

手を出して良いとか……ァァァ！　モヤモヤするぅ！

俺だって、出せるものなら出してるよ！

「マルス様？　頭を抱えてどうなさったんですか？　やっぱり、何処か具合が……」

「い、いや！　平気だから！」

この無自覚ゥゥ！　下から覗き込むのは反則です！

上目遣いプラス胸寄せ――あざといかっ！

「変なマルス様……あれ？　……いつも通りですわ」

「あの？　シルクさん？」

「コ、コホン……それで何をしたかと言いますと」

露骨に話題を変えられた!?

「う、うん」

「自分より、獣人の方を優先したからですわ。それに、獣人の方に癒しの力をかけてくれと……マルス様がダメと言えば、私はできませんから。だから、周りの人達も驚いていたのですよ?」

「ああ、そういうことね。そんなの当たり前のことだよ。ベアは俺達のために身体を張ってくれたんだから。何より、大事な仲間だし」

「その当たり前をできる人って少ないんですよ?」

そう言い、微笑みながら……身を寄せてくる。

なんで褒められてるか、よくわからないけど……。

とりあえず、シルクが喜んでるからいっか。

～シルク視点～

……良かった、ご無事で。

マルス様の胸の辺りに寄りかかり、その体温と鼓動を確かめます。

生きてさえいれば、私の癒しの力で治して差し上げます。

ですが死んでしまったら、どうにもなりませんから……私のお母様のように。

「……あれ？　マルス様？　……ふふ、可愛いですわ」

「スゥ……ムニ」

何やら静かだと思ったら、マルス様は寝ているようです。

「あどけない表情がとても素敵ですの。まるで、子供みたいな顔で」

このサラサラな黒髪に、優しい黒い瞳。

この世界では珍しいもので、嫌がる方もいますが……。

「私は……好きですの」

そういえば、お兄様にも言われましたわ。

『お前はマルス様が好きだなぁ』と。

「……はぅぅ」

その時に……マルス様について、お兄様に色々聞かれましたわね。

◇

あれは、お兄様がバーバラにいらした数日後……私の部屋を訪ねていらっしゃいました。

「よっ、シルク」

「お兄様？　お兄様といえど、軽々しくレディの部屋に入らないでください」

「おっと、悪い悪い」

そう言いながらも、ずけずけと部屋に入ってきます。

ほんと……相変わらず、デリカシーのないお兄様ですこと。

「それで、どうなさったのですか？」

「いや、可愛い妹の様子を見に来ただけさ」

「もう、相変わらずなんですから」

いつもちゃらんぽらんで……そのくせ、有能だから始末におえない人です。

堅物のお父様と違って、人の懐に入るのがとても上手な人ですし。

「よっこらせ。おっ、良い布団使ってんなぁ」

「ちょっ!?　殿方が未婚の女性の寝具に……！」

「なんだよ、マルス様だったら良いくせに」

「な、なっ――」

ま、マルス様なら良い!?

お、同じ布団に？　それって、つまり……。

「そ、そんなこと……あぅぅ」

「妹が女の顔してる……こりゃ、親父には見せらんねえな」

「う、うるさいですわ！　そ、それで、本題はなんですの？」

「ほう？　さすがは、我が妹だ」

お兄様は、ごくたまに真面目になります。

ちょうど、今のような鋭い目をした時……。

「して妹よ――どうだ、マルス様は？　あと、この地でお前は何をしてきた？　親父から確認するように言われている……ひいき目なしで答えろ」

出ましたわね……主に領地で問題が起きると、この顔になります。

もう、いつもこうでしたら……それはそれで寂しいかもしれませんね。

「そうですわね……マルス様の魔法の腕は凄《すさ》まじいです」

「そうだな。俺も、この目で確かめた。優秀な魔法剣士である俺から見ても、異常といって良いだろう」

「マルス様の魔法のすごいところは、溜める時間がないことですわ。想像した魔法が、すぐに発動してる感じです。何より、柔軟な発想をします。魔法は魔法……それ以上でも、それ以下でもないと思っておりますわ」

「魔力や威力ではなく、そこに目をつけるか……流石だな。そう、強いだけの魔法使いなどたかが知れている。問題は、どう使いこなすかだからな」

「はい、そう思いますわ」

マルス様はお風呂を作ったり、森林伐採にも魔法を使いますし……。

魔法は選ばれし者が使えるのに、民のためにそれを惜しみなく使っていますわ。

これまで、マルス様がしてきたことをお兄様にお伝えすると……。

「なるほど、民に優しい為政者か……」

「少しエッチですけど、優しい方ですわ」

「それは仕方あるまい」

「も、もう！　即答しないでくださいませ！」

お、男の人って……どうして、そうなんでしょう？

胸ばかり見てくるし、でもマルス様だったら、別に嫌じゃ……。

「やれやれ。まあ、優しい……いや甘い方だが、それは周りが補えば良いか。甘さは、やりすぎると毒にもなる」

「それを諫《いさ》めるのが、私の役目かと」

いざという時は、私がマルス様に進言いたしますわ。

たとえ、マルス様に冷たい女だと思われようとも。

「わかってるならいい。調整役が、ここでのお前の役目だな」

「ええ、そうですわ」

「そうかそうか……まあ、ひとまず良しとするか。あとは、ここで滞在して監査をするさ」

そう言うと、口調と空気感が変わって……いつものお兄様に戻ります。

「にしても、お前は相変わらずマルス様が好きだな」

「ふえっ⁉」

「マルス様を見る目が、完全に女だし……」

「そ、そんなことありませんわ！」

そ、そうなのかしら？　……恥ずかしぃ。

「まあ、親父には内緒にしといてやるから……夜這《よば》いでもすれば良いんじゃやね？」

「な、なにを言いますの⁉」

「ほら、リンとかいうライバルもいるわけだし。正式な婚約者になりたいなら、既成事実を……」

「お・に・い・さ・ま？」

「い、いや！　ほら！　そうすれば、俺も領地を継がなくて済むし！　マルス様が婿に入れば良いし！」

「む、婿に？　マルス様が……」

「というか、最初はそういう話だったろ？　そのために、俺は一度騎士団に入ったんだし」

「え、ええ……」

「マルス様が穀潰しと呼ばれるようになって、それはなくなったが……まあ、まずはお前が正式な婚約者として親父に認めてもらってからか」

それだけ言い残し、部屋から出ていきました。

マルス様と領地を継ぐ……昔は、そんな未来を夢見ていましたわ。

◇

もちろん、今はそんなことは考えておりません。

こうして、マルス様と過ごせるなら……何処だって良いですわ。

でも一緒にいるためには、この地を栄えさせないと。

そのためには、まだまだやることがたくさんありますの。

この都市を立て直して、周辺の村々を整備して……セレナーデ王国との流通も整えないと。

それは、戦うことができない私の役目ですわ。

「……長い道のりですけど、平気ですわ」

私はマルス様の顔を覗き込みます。

「もう、何年も待ってましたから」

マルス様が、やる気を出すのを……あと、数年くらいなんてことないです。

「何より、ここでの日々は幸せですわ」

ポカポカ陽気の中、私も目を閉じてまどろみの中に……マルス様と一緒にいられる幸せを感じな

がら。

～ライラ視点～


……ふふ、仲良いわね。

マルスとシルクの寄り添う姿を見て……少し、良いなと思う自分がいる。

あんな風に寄り添える相手がいたら幸せよね。

今までは、人に甘えたり寄り添ったりなんて考えたことなかったけど……。

お兄様のお手紙のこともあるし、これからは考えてみても良いかも。

私だって、憧れがないわけじゃないもの。

「良いのか？　声をかけなくて」

「良いのよ、ライル。お昼寝してるし、今はシルクの時間だわ」

「まあ、そうだな」

マルスが帰ってきたと知らせを受けて、急いで視察から戻ってきて……。

その途中で、ライルやセシリアと一緒になって帰ってきたら……ベンチで寝ている二人を発見したってわけ。

「とりあえず、生きているなら良いわ」

「ああ、その通りだな。いやぁ、一安心だぜ」

私もライルも、ホッと一息つく。

人は死ぬ時――あっさり死ぬことを知っているから。

「そういえば、セシリアは？」

「ああ、先に部屋に戻ったぜ」

「……どうだった？」

「あぁ？　何がだ？」

「だから……デートよ」

男女が二人でお出かけする……それはデートよね？

私はしたことないから、少し気になるわ。

「そりゃ、楽しかったぜ。ただ、ど緊張して……あんまり記憶がない」

「なにそれ？　情けないわね」

「う、うるせぇ！　男もいたことない姉貴に言われたく――」

「な・に・か？」

「ヒィ!?　わ、悪かった！　俺が悪かった！　だから――手から火を出すな！」

「ライラ様、お静かにした方がよろしいかと」

「そうっすよ、あいつら起きちゃいますよ？」

後ろで見守っていたゼノスとバランが、声をかけてくる。

「それもそうね……ところで、貴方達は相手はいないのかしら？　そして、年上の女性ってどう思うかしら？」

「はっ？」

「へぇ？　それはどういう意味っすかね？」

「いえ、ただの一般論よ。私もお兄様に結婚を考えてと言われたけど、どうして良いかわからなくて」

王都に帰れば、身分の高い人はたくさんいるけど、大体年配の人ばかりだし。

同い年の人はとっくに相手がいるし、そうなると少し年下になるのかしら？

ということは……参考になるのは、今はここにいる彼らくらいだし。

「ああ、そういう意味っすね。年が近い方はすでに相手がいるっすね。おい！　バラン！　しっかりしろ！　深い意味はないってよ」

「わ、わかってる！　そ、そうですな。私はそういう相手はおりませんが……と、年上の女性は魅力的だと思います」

「俺はまだ遊びたいから特定の相手はいないっすね。あと、年上には年上の魅力がありますから」

……なんとまあ、正反対の二人よね。

ゼノスと付き合う子は飽きないだろうし……バランと付き合う子は安心できそうね。

「姉貴？　なに言ってんだ？　おいおい、年増が俺の友達を狙うとか勘弁――」

「バカかっ！」

「何を言うのですか!?」

二人が、ライルの口を塞ぐけど……もう遅いわ。

「フフフ……年増で悪かったわねぇぇ――‼」

「ぐはっ⁉」

風の球を受けてライルが吹っ飛ぶ！

「ライル様⁉」

「平気かっ⁉」

「グフッ……お、おう……オノレェェ……」

「フン！　火の魔法じゃなかっただけ感謝してほしいわ」

そもそも、貴方の好きなセシリアと同じ年なんだけど？

でも二人が、ライルを介抱している姿を見ながら……ふと思う。

年増かぁ……そうよね、ムカつくけどライルの言う通りよね。

同年代は結婚して子供がいるのが当たり前。

家庭を作って家に入り、夫を支える……柄じゃないわね。

「はぁ……やっぱり、私には無理かしらね」

「姉さん？　どうしたの？」

「あら？　マルス？」

いつの間にか、マルスが後ろに立っていた。

隣には、頬を赤らめたシルクもいるわね。

「何やら騒がしいけど……ライル兄さんは生きてる？」

「平気よ、手加減したもの」

「わ、私！　様子を見ますわ！」

シルクが駆け出して、ライルに向かっていく。

「悪いことしたわね」

「へっ？」

マルスはわかってない様子だけど……。

多分、みんなに見られていたことを恥ずかしがっているのよね。

「私も、あれくらい可愛げあったら……」

「何を言ってるのですか？　姉さんは可愛いですよ！　美人だし、カッコいいけど……」

「でも、年増だし……」

「そんなこと言う奴は、俺がぶっ飛ばします！　年上の女性は素敵ですよ！」

「平気よ、もう吹っ飛んでるから」

私は、先ほど吹っ飛ばした無礼者を指差す……ライルという名の。

「あっ――それもそうですね。ライル兄さん、どうか安らかに眠ってね」

「勝手に殺すな！」

「もう！　まだ動いちゃダメですわ！」

「止めるな！　マルスゥゥ――!!」

「うひゃー!?」

「待てやコラァァ!!」

「待たないよォォ!!!」

ライルがマルスを追いかける……そして、マルスは必死に逃げている。

「ふふ、懐かしいわね」

「ちょっ!?　姉さん！　助けて！」

「おい!?　卑怯《ひきょう》だぞ!?」

私の後ろに、マルスが回り込んでくる。

ありし日の思い出のように……そうよね、今は焦らなくていいかな。

可愛い弟達の恋愛を見届けてから、自分のことを考えましょう。

それが——お姉ちゃんの役目だものね。

三十八話

翌日の朝、朝食を済ませたら、リンと一緒にベア達の部屋の前に行く。

「ベア、レオ、起きてる？」

「へい、ボス」

「ああ、起きている」

部屋の中に入ると、布団に横になってるベアと、それを見守っているレオがいる。

ちなみに、この二人は同じ部屋で暮らしている。

八畳くらいの広さだけど、ただ寝るだけだから問題ないらしい。

「主人か……すまぬ、情けない姿を見せた」

「気にしないでよ。どう、調子は？」

「問題ない。どっかの馬鹿が寝ずの看病をしてくれたからな」

「おい？　ひどくないか？」

「くく、冗談だ」

何というか、意外とレオは面倒見が良いよね。

シルクの護衛もしっかりこなしてるし、ラビやシロの面倒も見てるし。

「それくらい言えるなら平気ですね」

「リン殿は元気だというのに、すまないな」

「いえ、私は怪我を負ってませんから――ベアのおかげです、ありがとうございます」

「なに、気にするな。主人から、リン殿も守るように言われていたからな」

「……へっ？　マ、マルス様？」

うん？　そんなこと言ったっけ？　……言ったような気もする。

たしか、一緒に風呂に入った時だったかな？

◇

あれは、いつものように風呂に入って……たまたま、ベアとレオと一緒になったんだ。

「あれ、二人とも」

「ボス、お疲れっす」

「主人よ、先に入ってるぞ」

この二人も、大分生活に慣れてきたよね。

最初の頃は勝手に入ったり、俺より先に入ることに抵抗があったみたいだけど……。

今ではすっかり、自由に行動している。

「どう、鍛錬は？」

「きついっすよ！　あの人族達はなんすか!?」

「うむ。俺とレオは獣人族の強い部類に入るが、あの人族三人には勝てん」

「まあ、我が国の次世代を担う人達だからね」

リンと一緒に、この二人も兄さん達から稽古を受けている。

本来の力を取り戻して、俺の役に立ちたいからって……その行動よりも、その気持ちが嬉しいよね。

「やはり、人族は侮れんか……あの三人も、良き人族であるし」

「たしかにな。俺達を馬鹿にしないし、見下してもいない。ほんと、視野が広がったぜ」

「ああ、レオの言う通りだ。もちろん、そうでない奴もいるが……それは仕方のないことだ」

ふんふん、良い傾向だね。

ベアは人族を憎んでいるから心配だったけど、あの三人に会わせて良かった。

「ほんと、強い上にできた人達だよね」

「くく……」

「ははっ！」

「うん？　何で笑うのさ？」

「いや、オレ達にそう思わせた張本人が……」

「まったくだ。相変わらず、おかしな主人だ」

解《げ》せぬ、何故笑われるのだろう？

それに、何だか疎外感です。

その後、男だけということで……。

「しかし、あれっすね。シルク嬢はボスが好きっすね」

「へっ？」

「一緒にいると、いつも話してますぜ」

「そ、そうなんだ」

「ああ、俺もよく聞いている」

自覚がないわけじゃないけど、人に言われると照れるよね！

「そ、それより！　二人はどうなの？」

「オレっすか……考えたこともないっすね」

「うむ、それどころではなかったし」

それもそうか……選ぶ権利もないし、そんな余裕もないよね。

「でも、これからは平気でしょ？　俺は許可するし」

「嬉しいっす！」

「うむ、考えてみよう」

この二人は良い男だし、すぐに相手も見つかるよね。

あっ、それこそ……うん、聞いてみよう。

「リンとかは？　二人から見てどう？」

「……まじっすか」

「……これは重症だな」

「へっ？　な、何が？　どうして、そんな目で見るの？」

まるで、可哀想なものを見るように……。

「はぁ……そりゃ、姐さんは良い女っすよ。すんげえ美人さんですから」

「うむ。強いし、性格も良い」

「うんうん、わかるよ。だからさ、俺も良い人と一緒になってほしいんだ」

ほんと、リンには感謝してる。

穀潰しと呼ばれる俺に、根気よく付き合ってくれた。

でも、そろそろ自分の幸せを考えても良いはず。

ベアやレオなら……あれ？　なんかもやっとする。

これはあれかな？　娘を嫁にやるお父さん的な？

「ベア、どうする？」

「いや、俺達が言うわけにはいかんだろう」

「なにをコソコソしてるの？」

俺が思案している間に、何やら内緒話をしていた。

「い、いえ！」

「あ、あれだ……リン殿は良き女性だが、戦友といった感じだ」

「そ、そうっす！」

「なるほど、そういう感じかぁ。たしかに、三人で激しい稽古してるもんね」

毎日傷だらけになって、本当にリンは無理してないかな？

一応、女の子なわけだし……差別をするつもりはないけどさ。

「あのさ……リンについて、ベアに頼みがあるんだ」

「なんだ？」

「役割からいって、一緒に前線に出る機会が多いと思うんだ。もしできたら、リンのことも守ってあげてほしい。俺の大事な子だし、女の子だからさ」

「くく、わかった」

「姐さんも大変っすね」

◇

……うん、言ったね。

「たしかに言ったね」

「ふえっ!?」

「リン？」

何やら、聞いたことない可愛らしい声がした……いや、懐かしいと言うべきか。

「たしかに主人は言った。リン殿は大事な女の子だから守ってあげてほしいと」

「そうそう！　傷でもついたら大変だって！」

「っ～!!」

「ちょっ!?　リン～!!　どこ行くの～!?」

急に部屋から飛び出していく！

「やれやれ、前途多難だぜ」

「そうだな。リン殿もあの感じではな」

「な、何が起きたの？」

「「……はぁ……」」

そして再び、俺を可哀想な目で見てくるのだった。

一体、俺が何をしたというのだろうか？

三十九話

はて？　なんで飛び出したんだろ？

「主人よ、頼むから追っかけてやってくれ」

「そうっすよ、ボス。今のはボスが悪いっす」

「そ、そうなの？」

二人が、これでもかと頷いている。

「う、うん、わかった」

言われた通り、リンを追いかけることにしたが……リンが逃げ続けてます！

ついには、今は人も建物もない元獣人地区に入っていく！

「待ってぇぇ〜！」

「ま、待ちません！」

建物の外に出て、追っかけっこです！

「キュイー！」

「違うから！　遊んでるわけじゃないから！」

何故か、ルリが並走してきた！

どうやら、遊んでいると勘違いしたらしい。

「キュイ！」

「わぁ!?　服の端を引っ張らないで！」

「キュイ～」

ダメだっ！　力が強くなってきて振り払えない！

例えるなら、大型犬に引っ張られてる感じだっ！

「見失っちゃうよ……うん？　――そうか！」

「キュイ？」

「ルリ、よく聞いて。捕まえるのは俺じゃない。逃げているのはリンだ……つまり、リンを捕まえるよ」

「キュイー！」

よし、わかってくれたらしい。

ふふふ……待ってろよ！　リン！

魔法の力を見せてやる！

◇

どうして、私は逃げているのだろう？　なんだか、よくわからない。

マルス様が、私を守ってくれとベアに頼んでいたのを聞いて……。

「身体が熱くなってきて……」

どうしてだろう？　少し、喜んでいる自分がいる。

「ショックを受けるならわかる」

もう、マルス様をお守りする必要がないから？　……いや、違う。

マルス様が、私を頼りないと思っているってこと……じゃないから？

「やっぱり、大事な子だって言われたから？」

頼りにならないわけでもなく、必要がないからでもなく……。

「ただの女の子として扱ってもらったから……」

はっ！　……ダメダメ！　私はカッコいい女性なんだ！

マルス様がくれた『凜』という名に恥じないために！

「それにマルス様には、シルク様がいるもん……もんって何!?」

アァァ！　もう！　昔の私は引っ込んでて！

今の私は、泣き虫で弱虫だった頃の私じゃない！

「リン〜!!」

「マルス様!?」

何故、マルス様の声が……マルス様の走りでは追いつけるわけがないのに。

そう思い振り返った時、マルス様を乗せ猛スピードで飛ぶルリの姿があった。

「キュイ〜！」

「は、速い！　くっ！」

再び走り出すが、中々差が開かない！

おかしい……ルリはまだ、そこまで速くは飛べないはず。

しかも、マルス様を乗せて……マルス様を乗せて？

「ルリ！　もっと行くよ！　風に乗って！」

「キュイ〜!!」

「そういうことですか」

どうやら、マルス様の風の魔法で推進力を上げているようですね。

マルス様がルリの後方に風を放ち、スピードを上げていると。

「ふふふ、相変わらず面白いことを考える方ですね」

さっきの恥ずかしさは何処かに行き……。

「なんだか、楽しくなってきましたね」

「ちょっ!?　速いよぉぉ〜！」

私はさらにスピードを上げ、マルス様に応えます。

「捕まえられるなら——捕まえてください！」

「言ったね！　やったろうやないかい！」

まさか、こんな日が来るなんて。

いつも、私がマルス様を探し回ったり、追いかけたりしてましたね。

「ふふ……」

「何笑ってんのさ！　余裕なのも今だけだよ――土の壁よ！」

「なっ――!?」

目の前に、突然土の壁が!?

「ですが――これしきのことっ！」

「えぇ～!?」

闘気をまとい、肩から体当たりをして土の壁を破壊します！

「終わりですか？」

「むぅ……いいよ――手加減なしでいくよ！」

「望むところです！」

その後次々と、私に魔法が襲いかかりますが……。

そのどれもが、私に傷をつけないように調整されているのがわかります。

なんだか、本当に女の子扱いされてるみたいで……嬉しいな。

何よりマルス様が、必死に私を追っかけてくださる。

それがなんだか途轍《とてつ》もなく楽しく、幸せな気分になります。

この地に来たことによって、マルス様の周りにはたくさんの人が集まりました。

王都にいた時は、もっと一緒にいれたのに……それを後悔したことはありませんが、少し寂しかったのも事実なんですよ？

◇

……疲れたァァァ！

リンの四方に土の壁を作ったりして、何とか無事に捕まえたけど。

「ま、待ってよ……ぜぇ、ぜぇ……」

「す、すみませんでした……」

「い、いや、良いけどさ」

リンってば、速いんだもん。

俺の魔法でもってしても、簡単には捕まえられないくらいに。

ほんと、リンがその気なら……とっくに俺から逃げられてるよね。

「あ、あの……さっきのは？」

「うん？」

「私を大事な女の子とか……」

「そりゃ、もちろんさ。リンは大事な女の子だよ」

リンに助けられたのは俺の方だ。

孤独だった時期、リンだけが側にいてくれたから。

「そ、それって……」

「だから！　リンの恋人になる人は、俺が認めないとダメだからね!?」

「……はぁ……」

「な、なに？」

「いえ、何でもないです。さあ、戻りましょう」

あれ？　何故呆れているのだろう？

しかも、心なしか不機嫌な感じだ。

すると、先に歩き出したリンが振り向く。

「マルス様、私が行き遅れたらどうします？」

「そりゃ、俺が責任もって相手を見つけるよ」

十代の貴重な時間を、俺のために使ってくれたんだもん。

何より、大事な女の子だし。

「では、覚悟してくださいね？」

「へっ？」

「言質はとりましたからね？　きちんと、責任とってもらわないといけませんから」

「な、なにが？」

「さあ？　それはご自分で考えてください」

さっきとは打って変わり、ご機嫌に尻尾が揺れている。

本当、女の子って不思議だなぁ。

四十話

ミノタウルスを討伐して三日が過ぎた。

そんな中、俺はリンを伴い庭のベンチで日向《ひなた》ぼっこをしていた。

これぞ、スローライフって感じだよね！

「いやぁ～いい天気だね」

「はい、そうですね」

「もう、このままダラダラしてても……」

「ダメです」

「……ダメ？」

よくよく考えてみたら、もうダラダラしても問題ないと思うんだよなぁ。

セレナーデ王国との流通整備は順調だし、獣人と人族の関係もマシになってきたし。

危険なミノタウルスを倒したから、他の冒険者達も奥に行けるようになってきたし。

「ええ、まだまだやることはありますから。例の魔獣飼育計画や、それに伴う食料問題、獣人と人族が一緒の地区に暮らし始めたことによる弊害……何より、これでは認めてもらえませんよ？」

「オーレンさんかぁ……ゼノスさんは、その視察に来たんだもんね」

一言も言ってないけど、きっとそういうことなんだろうね。

シルクが俺に釣り合わないとか言ってたけど。

何だかんだ言って、シルクの相手として相応《ふさわ》しいか確認するってことか。

「はぁ……仕方ないね、シルクのためにも頑張るとしますか」

「そうですよ。そうでないと、私も前に進めませんから」

「ん？　どういう――」

俺がリンに問いかけようとすると……。

「マルス様〜！」

「おや？　シルクだ……あっ！　後ろにいるのは！」

俺はベンチから腰を上げて、二人の元に駆け出す。

「ベア！　もう平気なの？」

「ああ、主人よ。すまぬ、心配をかけたな。もういつでもいける」

「でも無理はしちゃダメだよ？」

「ああ、わかっている。リン殿、手合わせをしてくれるか？」

「ええ、もちろんです。では、ここでやりましょう」

そう言い、二人が庭の中央で稽古を始める。

といっても、軽い運動のようなものだ。

もちろん、俺からしたら激しいけど。

「シルク、ご苦労様」

「いえ、大したことはしてませんわ。ベアさんの体力とやる気のおかげですから」

「そんなことないよ。毎日様子を見に行ってたし。ベアも言ってたよ、シルクは良い人間だって」

「えへへ、それなら良かったですの」

すると、キリッとした顔つきが崩れる。

ウンウン、やっぱりツンよりデレが良いよね！

いや、ツンがあるからこそデレが際立つというやつか。

「マルス様？」

「いや、何でもないよ」

「あっ――そういえば、マルス様に伝言があります。先ほどレオさんが狩りから帰ってきて、卵を手に入れたと仰ってましたわ」

「……なんだってぇ――!?」

「きゃっ!?」

おおぉぉ――!!　待ちに待った卵が！

あれは保存が利かないから、手に入れたら使い切るしかないし。

「も、もう！」

「ご、ごめん！　じゃあ、行ってくる！」

「お待ちください！　私も行きますわ！」

「ほら！　早く！」

「はわっ!?　て、手を引っ張らないでください！」

いても立ってもいられず、俺はシルクの手を取り歩き出すのだった。

そして、厨房へとやってくると……そこには、シロに卵を渡しているレオの姿があった。

「レオ！　よくやってくれた！」

「へいっ、ボス」

「師匠、これでなにを作るんですか？」

「よく聞いてくれた！　これは……」

「あ、あのぅ……マルス様」

「どうしたの？　今から大事な話が――あっ！　ごめん！」

俺は慌てて手を離す！

どうやら、ずっと握りっぱなしだったらしい。

シルクは顔を赤くして、俯《うつむ》いてしまう。

「い、いえ！　そ、それより！　何ですの？」

「えっと……そうだ！　シロ！　アレを作るよ！」

「……あっ！　卵がいるって言ってましたね！」

シロは、魔法使い達が交代で凍らせている貯蔵庫に向かった。

姉さんの指導のおかげで、何人か使えるようになった。

これで、わざわざ俺がやる必要はなくなったってわけだ。

いや——今はそんなことはどうでもいい。

「レオ、今日は——宴だ」

「はい？」

「領主命令だ。ヨルさん達と協力して、領民に知らせてほしい。場所は……今なら旧獣人街が空いてるから、そこで行うとしよう」

「は、はぁ……理由はなんすかね？」

「宴に理由なんていらないよ！　あえて言うなら——宴が呼んでいる」

とりあえず、宴がしたいんだよォォ!!!

俺はアレが食べたいんだァァ！

どんだけ待ってたと思ってるんだァァ！

「はっ？　……相変わらず変な人っすね」

「もう！　変な人で良いから！　ほら！　早く早く！」

「マ、マルス様！　落ち着いてください！　何かしらの理由がないと、皆が困りますわ」

「むぅ……そういうもの？」

「はい、そうですわ。お金と時間を使うのですから。それに、うちには余裕があるわけではないのですよ？　これから、どんどんお金もかかりますし」

シルクの目は冷たい……厳しいけど、何も意地悪で言ってるわけではないし。

「うーん、ベアの快気祝いってことで！　あと、一大行事を行うから決起会というか……ダメ？」

「……いいですわ、許可します」

「ほんと!?　ありがとう！　シルクは良いお嫁さんになるね！」

「へっ？　……ふえ～!?」

シルクが何やら奇声を上げたけど、今はそれどころじゃない！

「レオ！　さあ行け！　ボスの命令だっ！」

「へいへい、わかりやした」

ふふふ、ようやくだ。

我慢して、取っておいた甲斐があったねっ！

四十一話

さて、俺しか知らないし、ささっと作っていきますか。

「わ、私もお手伝いしますの」

「へっ？　良いけど、どうしたの？」

侯爵令嬢であるシルクは、もちろんお料理なんかしない。

良いとか悪いとかではなく、そういうものだからだ。

だから、今までも厨房に入ってこなかった。

「だって、良いお嫁さんとか言うんですもの……ゴニョゴニョ」

「ん？　よく聞こえないけど……」

「聞こえなくて良いんですの！」

「えええぇぇ!?」

「もう！」

な、何故だ？　どうして怒られたんだろう？

リンといい、相変わらず女の子というやつは難解です……解せぬ。

ひとまず、落ち着きを取り戻す。

「じゃあ、手洗いうがいしてね」

「はい、マルス様の指導の一つですわ。最初聞いた時は、効果があるか懐疑的でしたけど……実際、具合の悪くなる人や、患者の数が減ってますわ」

「別に大したことじゃないよ」

この世界では、そういう習慣がなかった。

だから初めの頃に、俺が領主権限で徹底的にやらせることにしたんだ。

みんな渋々って感じだったけど、今ではお礼を言われたりする。

「そんなことありませんの」

「だって、俺の知識じゃないもん。古い書物で学んだことだしね。つまり、偉いのは昔の人ってことさ」

「ふふ、マルス様のそういうところ……素敵だと思いますわ」

「そ、そう？　ほ、ほら！　それにシルクのためになるしね！」

貴重な回復魔法の使い手であるシルクは、無償で民達を癒している。

優しいシルクは無理をしてでも、怪我人を癒すだろう。

でも、それではシルクの身体が心配だし。

「……えへへ」

「あ、あのぅ？」

何だか距離が近いのですが？

あれ？　これは、良い雰囲気というやつでは？

今ここにいるのは、俺とシルクの二人きりだ。

「シ、シルク――」

「マ、マルス様？」

俺が意を決して、シルクを見つめると……。

「えっと……その……」

「師匠～!!　持ってきましたよ！」

「わたしも気になりますぅ～！」

「ひゃい!?」

「うわぁ!?」

い、いつの間に!?　いつからいたのっ!?

「はれ？　ご主人とシルク様、そんなにびっくりしてどうしたのですかぁ？」

「もしかして……はわわっ！　ごめんなさい！　僕達帰りますんで！」

「ま、待って！　何でもないから！　ねっ！　シルク！」

「そ、そうですのことよっ！　何でもありまてんわっ！」

シルクの顔は真っ赤になってるけど……それより、今の何？

「ありまてんわって……あははっ！」

「むぅ、マルス様のせいですわ！」

「ごめんごめん。とりあえず、作ろっか？」

「……そうですわね」

はぁ……千載一遇のチャンスを逃した気がしないでもない。

いや、オーレンさんに殺されずに済んだと思うことにしよう。

結婚前に手を出したなんて知られたら……ガクブル。

その後、みんなが手洗いをしている間に、俺はシロが持ってきたものを処理する。

解凍して、よく洗う。

「よし、これで良い。あとは、最後に火を通すだけだ」

「師匠！　何からやりますか!?」

「それじゃあ、まずはボウルに粉と卵、そこに馬乳と水を加えます」

「ふんふん」

シロが鼻息を荒くして、俺の手元を真剣に見つめている。

シロには覚えてもらわないといけないからね。

「それで、これを混ぜます」

「わたしがやりましゅ！」

「ラビがやるの？　……じゃあ、お願いしようかな」

「はいっ！」

俺の目を見て、しっかりと頷く。

これだけでも、初めの頃とはえらい違いだ。

……相変わらず、かみかみだけど。

「量が必要だから、シロも同じようにして作ってね」

「了解です！」

「シロちゃん！　勝負だよっ！」

「なにをぉ〜！　負けないよっ！」

ラビとシロが、一生懸命になって混ぜる姿は微笑ましい。

「……癒されるなぁ」

「ふふ、そうですわね。前は弱々しかったですけど、すっかり元気になりましたわ」

「そうだね。二人とも、人間を怖がっていたし。まあ、それぞれの師匠としては感慨深いものがあるかな？」

俺はシロの料理の師匠、シルクはラビの師匠ってわけだ。

それぞれ、自分の知識を授けている。

「ええ、その通りですわ。最近は、礼儀作法やお勉強もできてきましたし……妹がいたら、こんな感じかなって」

「うんうん、その気持ちはわかるかも。俺もシルクも末っ子だもんね」

「ほんとに……」

いつも、誰かに世話をされる立場だった。

自分が世話する立場になって、色々とわかることもある。

兄さんや姉さんの気持ちとか、その大変さの一部とか。

「さて、じゃあ……お兄さんお姉さんチームも頑張りますか」

「はい、頑張りますの」

俺は卵黄のみをボウルに分けて、まずは混ぜる。

この卵は生で食べられることは、シロが確認しているから安心だ。

ある程度したら、そこに油を入れ……。

「そしたら、酢を入れると」

そう、セレナーデ王国で手に入れた酢があれば……アレが作れる。

ここで大事なのは、しっかり乳化させることだ。

「よし……俺が混ぜるから、残りの油を少しずつ流し入れてくれる？」

「は、はい。す、少しずつってどうすれば……」

「大丈夫、きちんと声かけるから」

「で、では……」

俺が混ぜ、シルクが油を入れていく……ただ、それだけのことなんだけど。

「……なんだが、楽しいですわ」

「同じこと思ったよ」

「ふふ、共同作業ですね？」

「そういうことだね」

そして塩と胡椒を入れ、念願のモノが完成する。

「わぁ、トロッとしてて綺麗な色……」

「ふふふ、この魅力に取《と》り憑《つ》かれたら逃れられないよ？」

そう——マヨネーズですねっ！

あとは、これに合わせるメインを作るだけだ。

四十二話

最後にアレを茹《ゆ》でて、これで下準備は完了だ。

「ボスッ！　声かけしときましたぜ！」

「マルス様っ！　人族の方も完了いたしました！」

丁度良いタイミングで、ヨルさんとレオが入ってきた。

「ありがとう、二人とも。それじゃあ、こっちも準備に取りかかるとしよう。シロ、ラビ、ここは任せるよ？」

「はいっ！　これをいっぱい作っておけば良いんですね！」

「頑張ります！」

「うん、お願いね」

用意は二人に任せ、俺はシルクを伴い屋敷の外へと向かうのだった。

◇

館の外に出ると……。

「キュイー！」

子供達と遊んでいたルリが、飛び込んでくる。

「おっ、遊んでもらったのか？」

「キュイ〜」

「ふふ、よかったですわね。大きくなりましたけど、まだまだ子供みたいですから」

「まあ、頭は良いから怪我をさせる心配はないしね。ルリ、一緒に行くかい？」

「キュイー！」

俺は子供達に礼を言い、ルリも連れて歩き出す。

そして旧獣人街に向かうと、すでに人だかりができていた。

人族と獣人族関係なく、それぞれ会話を楽しんでいるみたいだ。

すると、俺達に気づいた人達が近づいてくる。

「マルス様！　シルク様！　こんばんは！」

「今日も宴ですか!?」

「すごく楽しみです！」

「ふふふ……覚悟した方が良いよ？　今日のは食べ出したら止まらないからね」

「「おぉぉ〜!!!」」

次々と挨拶されては、同じように返事を返していくと……。

「マルス様？　平気ですの？」

「ん？　何が？」

「そんなにハードルを上げては……」

「平気だよ、あの魅力からは誰も逃れられないから」

マヨネーズを嫌いな人……いるかもしれけど、圧倒的にハマる人の方が多いし。

あれ？　でも、この世界ではどうなんだろう？

アレも食感が苦手って人もいたし……少し不安になってきた。

「マルス様？　汗がすごいですけど……」

「な、な、なんでもないよ！　きっと大丈夫……だよね？」

「もう！　だからハードルを上げすぎと申しましたのに！」

「ぐぬぬ……」

一抹の不安を抱えつつ、俺は広場の中央へと進んでいく。

そこでは、すでにリンとベアがいた。

「マルス様、この辺りでいいですか？」

「この近くには集まらないように言っておいたが……」

どうやら、二人で調理するスペースを確保してくれてたみたいだ。

「うん、ありがとう。これくらいあれば平気かな。じゃあ、引き続きお願いするね」

「了解です」

「ああ、任せろ」

「では、私はルリちゃんの遊び相手をしてますわ」

「キュイキュイ！」

「うん、頼むね。初めて作るから、結構集中力がいると思うから」

見張りを二人に任せ、俺は作業に集中する。

そのために、まずは適当な椅子を用意して、そこに座る。

「えっと、石造りで熱に耐えられるように窪《くぼ》みを作って……こうかな？」

両手を合わせてイメージすると……。

「あれ？　失敗かぁ……」

ぐにゃぐにゃした歪《いびつ》な形になってしまった……もう一度やろう。

そして、何回か失敗を繰り返し……五回目にして、ようやく納得のいくものが完成した。

「よし！　できたァァ！」

こういうもの作りは、繊細な魔法の鍛錬になるかも。

あとで、ライラ姉さんに伝えとこ。

「できましたの？　……変な形ですわ」

「キュイ？」

「まあ、見慣れないだろうね」

「この石板にある、小さな窪みは何ですの？」

「ふふふ、それこそが重要なのさ」

そう！　たこ焼きパーティーのためにっ！

俺はこの日のために、オクートの足を取っておいたんだっ！

そして全ての準備が整い、全員が勢揃いした。

「じゃあ……焼いていくよ！　シロ、よく見ててね」

「はいっ！」

「よく熱したら、ここに油を数滴垂らして、用意してもらったものを注ぎ……」

ジユワァァ!!と食欲をそそる音が、辺りに響き渡る。

クゥゥ――!!　これだよ！　これ！

「じゅるり……ここに一口サイズに切ったオクートを入れると……良い？　こっからが大事だからね？」

みんなが静かに見守る中、魔法で用意した串を持ち……その時を待つ。

「……今だっ！」

窪みにあるたこ焼きを、素早く返していく！

「よし！　良い色！」

そしたら、再び待つ……。

「ま、まだですか？」

「リン、まだだよ。こういうのは、焼き目が大事なんだ。そうすると、カリッとして、ふわっとした食感になるから」

「な、なるほど……ゴクリ」

リンだけでなく、みんなが待ちきれない様子だ。

いつの間にか、俺の周りには人だかりができてるし……さて、いいかな。

「よいしょっと……うん――完璧だ」

焼き目、色ともにイメージ通りだ。

「皿に盛って、ソースとマヨネーズをかけて……最後に青海苔をふりかけて完成だ！」

「マルス様！」

「主人！」

「ご主人様！」

「師匠！」

「ボスッ！」

「ま、待って！　落ち着いて！」

獣人族は、食欲が旺盛だ。

どうやら、闘気を使うにはエネルギーが必要らしい。

故に、食べる量が多いと……なんか、色々考えさせられる話だ。

もしかして、彼らを飢えさせたのは人族が有利になるため？

まあ……今は、考察しなくていいや。

「まずは、リンから食べてね」

「へっ？　……良いのですか？」

「だって、これを切ったのはリンだもん。何より、リンには苦労ばっかりかけてるからさ」

「マルス様……」

「リン、よかったですわね」

「はい、シルク様……では、いただきます――っ～!!」

口に入れた瞬間――リンの顔が歓喜に満ちた。

そして、次々と口に放り込んでいく！

「あ、あふい……でも――止まらないっ！」

「ふふふ……それがたこ焼きさ。無限に食べちゃうんだ」

「はいっ！　おかわりですっ！」

その満面の笑みがこぼれる姿は少女のようで……なんだか、胸が熱くなる。

あれ？　リンが可愛く見える？　かっこいいではなく……アレェ？？？

「マルス様？」

「う、ううん！　何でもない！　シロ！　手伝って！　どんどん作るよっ！」

「はいっ！」

「わたしもっ！」

ラビとシロとともに、ひたすらたこ焼きを作っていく。

そんな中、俺はみんなの会話に耳を傾ける……。

「ウメェ！　酒が進むぜ！」

「かぁ～！　大したもんだ！」

「なんと！　マルス様には、このような才能も……」

ライル兄さん達大人組は、酒を飲みながら満足げな表情を浮かべている。

「あら？　……美味しいわ、これ」

「うむ……シンプルだが、気がつくと口に入れているな……これは、売れるぞ」

「ええ、作り方は簡単よね。屋台とか出したら、おやつなんかにも良いわ」

お姉さん組は、そんな会話をしていた。

「ボスッ！　美味いっす！　このマヨネーズってやつ！」

「レオ！　使いすぎだっ！　俺の分が！」

「待ちなさいっ！　私だって、まだ食べたいです！」

リン達は、マヨネーズが気に入ったらしく……取り合いをしている。

「……うん、相変わらず良い光景だ」

これが見たいから、俺は宴をやりたいんだ。

すると、恐る恐るといった感じで、シルクが近づいてくる。

「マルス様」

「ん？　どうしたの？」

何やら、モジモジしてますけど？

「その……マルス様、作ってばかりで食べてませんわ」

「うん、そうだね。でも、仕方ないよ。まだまだ待ってる人いるし」

俺の目の前では、都市中の人が集まって行列をなしている。

ヨルさんとマックスさんが整理してくれなかったら……どえらいことになってたよ。

「で、ですから……ど、どうぞ！」

「……へっ？」

そこには、串に刺さったたこ焼きさんがある。

これは、まさか……全男子憧れの!?　照れ顔の美少女からのアーンですか!?

「は、早く……」

「できたら、フーフーしてくれると嬉しいかな」

「ふえっ!?　仕方ありませんわね……フーフー……」

おおっ、なんかエロい。

いや、そんな目で見てはいけない……見ちゃうけど。

「これで良いですの？」

「あとは、アーンって言ってほしいかな」

「ア、アーン……」

「ア、アーン……はふっ、あつ……」

「お、美味しいですか？」

「お、美味しいです……」

たしかに美味しいけど……それ以上に、なんだか幸せな気分になったマルス君なのでした。

うん！　端的に言って――最高ですっ！

外伝～セシリア～


……不思議なお人だな。

我が国、そして——私の恩人でもあるマルスを眺め、そんなことを思う。

獣人や人族と宴をしている姿は、王族の者とは思えない。

「セシリア、どうしたの？　マルスを見つめて……まさか、マルスの方がタイプとか？」

「いや、そういうわけではない」

「なら良かったわ。流石にライルが可哀想だもの」

「ふふ、なんだかんだで弟想いなのだな？」

「……言わないでよ？」

「ああ、わかっているさ」

たしかに、国王陛下からマルス殿の子種をもらってこいと密命は受けたが……。

その気はないし、父上からは好きにしろと言われたしな。

◇

……あれは、父上に夜這いをしろと命を受けた翌日のことだった。

「セシリア、どうやら失敗したか」

「はい、父上。だから言ったでしょうに……そもそも、私は反対でした」

「ぐぬぬ、敵対することだけは避けねばなるまいか」

「はい、それだけはたしかです。かのオーレン殿の娘の、想い人でもありますから」

かの英雄の強さと賢さは、父上が一番よくご存知のはずだ。

敵には回したくないだろう。

「オーレン殿は怖いからな……あの才能と血筋は欲しいが、我慢せねばならないか」

「神童と言われる容姿のことですね？」

「ああ、そうだ。マルス殿は、この世界を救ったと言われる聖女の血を引いている。その方は異世界から女神により召喚され、黒髪黒目という珍しい容姿をしていたと」

「ええ、そう聞いています」

その話は、我が国にも伝わっている。

フリージア王国は、聖女と結ばれた男が建国したそうだ。

「まあ、惜しいが……ひとまず、良しとしよう。マルス殿のおかげで、代々にわたり苦しんできた問題が解決したしな」

「はい。かの二体の魔物さえいなければ、今までよりは安全に漁が行えるでしょう」

「うむ、それだけでも十分だと思うが……惜しい」

ほんと、懲りない父上だ。

常に、何が国の利益になるかならないかを考えている。

だからこそ、王に選ばれたのだが。

「では、どうするので？」

「うむ、お主を先遣隊として送り込もう。そして、あわよくば……マルス殿の子種をもらってこい。

ただし、無理はするな。敵対だけはしないこと」

「はぁ……わかりましたよ」

無駄だと思うが……そもそも、あれだって私的には精一杯の色仕掛けだったのだ。

あんなこと、もうできない。

「それに、お主を休ませる意味もある。お主には苦労をかけた。才能があったばかりに、男子がいない代わりとして、戦いを学ばせてしまった。そして王族の者として、兵の指揮官となってくれた」

「父上……」

「下の娘達には、お主が好き勝手に生きているように見えているだろう。しかし、お主が無理をしていることは知っている」

たしかに、二人の妹達にはよく言われていた。

お姉様はお稽古もしないし、自由に外を出歩いていると。

なのに自分達は嫌なお稽古をさせられ、自由に行動もできないと。

「たしかに、戦うことが……男らしく振る舞うことが好きだったわけではないです」

「うむ、そうしないと舐められるからな。それに、戦いの稽古も辛いものだ。それに自由に出歩くのは危険を伴う。魔物と戦うし、野党などもいる。普通の王女として育てられた二人にはわかるまい」

「人は、その者の立場にならないとわかりませんからね。無論、私もです。妹達の苦労はわかりませんから」

仲が悪いわけではないが、あまりに育ってきた環境が違いすぎた。

大人になって、妹達も私の立場を理解するようになったが……それまでのしこりが残り、微妙な関係となってしまった。

「あぁー……いや……しかし……」

「父上？　どうしたのです？」

珍しい……いつもは、割とはっきり物を言うのだが。

何か、重大な任務を与えられるのかもしれない……これは身を引き締めなくては。

「コホン！　これから言うのは国王としての言葉ではない」

「へっ？」

「セシリアよ、苦労をかけてばかりですまない。もしかしたら、結婚もしたかったかもしれないが、様々な要素から叶わなかった。しかし、それでも……ただの父親としては、普通の幸せを摑んでほしいと思っている」

「父上……」

「矛盾するようだが、それが本心なのだ。セシリア、この国ではお主の相手を探すのは難しい。故にここを出て、良い人がいれば好きにするが良い」

そうか、父上はそれもあってマルス殿に夜這いをと。

私だって、普通の幸せに憧れがなかったわけじゃない。

これから、少し考えてみるのも……悪くないかもしれん。

◇

ふふ……まさか、マルス殿の兄君に求婚されるとは思ってもみなかったが。

そして、同じ立場の友ができるとはな。

本当に、ここに来て良かったと思う。

「ライル殿は、良い殿方だな」

「そ、そう？　バカ丸出しだけど……むっつりだし」

「ふふ、たしかに。だが、不思議と悪い気はしない」

「へぇ？」

「彼は真っ直ぐで嘘がないからな」

いやらしい視線は嫌いだが、それとはまた種類が違う。

私を屈服させようという感じではなく、普通の男性の視線ということかもしれない。

一緒に歩いた時も、優しくエスコートしてくれた……まさか、この私が普通の女の子扱いされるとは。
そして、それを喜んでいる自分がいる。
まだわからないが……もう少し、この居心地の良い空間を楽しむことにしよう。

幕間～長兄とは～


さて……やはり、俺は舐められていたようだな。

近衛騎士バランやオーレンがいなくなった途端、一部の貴族どもが動き出した。

ここ最近の俺は、奴隷制度を緩和させる方針や、不当な富を民に返すことを訴えていた。

おそらく、それが原因だろう。

そして、俺の警備が手薄になったと思って襲ったのだろうが……甘い。

「がはっ！　ば、バカな……」

「こ、こんなはずでは……」

雇われた刺客が、俺を襲ってきたが……。

「舐めないでください。私は四大侯爵家の一つである、武家の誉れアトラス侯爵家の娘。女と言えども、たかだか暗殺者ごときに遅れはとりません」

我が婚約者ながら、なんと頼りになることだ。

棒一本で、刺客達を昏倒《こんとう》させてしまうとは……男としては情けない気もするが。

アトラス侯爵家は、北にある領地を治めている。

山と森から来る魔物から、国を守護する役目を担っている。

故に、戦う術を持つ者が多いという。

「ほほっ、これでも若い頃は、戦場にいたこともあるのですよ」

そして、もう一人頼りになる存在がいる。

そう、宰相であるルーカスだ。

ちなみに、俺の隠し玉の一つである。

「さ、宰相が強いなど、聞いたことないぞ……」

「だからこそですよ。強いと知られていたら、意味がありませんから」

ルーカスは、父上の代から仕えている。

その父上から、俺はルーカスについて聞かされていた。

いざという時に戦える人物だと。

故に、今まで伏せてきたというわけだ。

その後すぐに刺客どもを拘束し、あとは専門家に任せる。

「ロイス様、私、一度屋敷に帰りますわ。お洋服が汚れてしまいましたので」

「ああ、すまないな。今回は助かった。ローラ、君がいてくれてよかった」

「い、いえ！　勿体ないお言葉です！　そ、それでは！」

そう言うと、顔を赤くして足早に去っていく。

さっきまでの勇ましさは何処へやら、可愛らしい人だ。

「ほほっ、上手くやってるようですな？」

「……政略結婚とはいえ、そう悪い気はしていない」

ローラは俺を気に入ってくれているし、俺もそうだ。

これは、とても幸運な部類に入る。

「さて、釣れたか？」

「どうでしょう？　相手は腐っても侯爵家ですから」

そう、裏で手を引いていたのは……おそらく、残りの侯爵家であるボルドー家だ。

セルリア侯爵家当主であるオーレン。

ローラの父君でもある、アトラス侯爵家当主ロイガン。

この二人は、俺を支持すると決めてくれた。

レデン家は滅んでしまった。

しかし、最後のボルドー家当主……ゾルゲが問題だ。

奴だけは、己の利権を手放そうとしない。

獣人を虐げようとも、民がどうなろうとも知ったことではないという姿勢だ。

「尻尾までは掴めないが、牽制《けんせい》にはなるか？」

「ええ、そうでしょう。何より、尻尾切りを図ると思いますが……それこそが重要ですから」

「ああ、奴の尻尾……つまり、国の中枢に住まう毒を排除できるということだ」

侯爵家であり薄いが王族の血が流れてる奴らは、国の中枢に入り込んでいる。

そいつらは、俺に従いたくはないらしい。

いや、己の利権を手放したくはないということだろう。

故に俺を排除し、ライルを王位につけたがっている。

「優秀な王は、邪魔だということですからね」

「優秀かどうかは別として、兄弟で一番向いていることはたしかだ」

「はい、その通りですな。ロイス様は、己を客観的に見れる方ですから。何より残酷になれる方です」

それが俺が国王になった理由だ。

ライル、ライラ、マルス……三人とも、俺なんかより才に溢れた者達だ。

しかし、優しすぎる。

平時においては、それはとても大事なことで……兄としても、とても嬉しく思う。

しかし国王とは、それだけでは成り立たない。

ならば長兄として、俺にできることは一つ。

仮に、この先俺に何かあって、他の誰かが継ぐことになっても良いように……この国の膿《うみ》を取り除くことだ。

そのためなら、俺はいくらでも泥を被《かぶ》ろう。

それが、両親と約束した——俺の誓いだ。

エピローグ

無事にミノタウルスを倒し、快気祝いパーティーを終えて数日後……。

バランさんとゼノスさんを除き、みんなでこれからについて話し合う。

ゼノスさんはどこかに行っており、バランさんは外で稽古をするとか。

「さて、ひとまずお疲れ様ね」

「ほんと、みんな頑張ってくれたよね」

「いやいや、大したもんだぜ。今更だが、よく倒したもんだ」

俺と姉さんと兄さんの言葉に、みんなが照れる仕草をする。

「それで、マルス的にはどういう考えなの？　あれを倒したから、領地開拓を進めるの？」

「うーん、どうしようかなぁって。結構、危険が多いかなと……今やったら、被害も大きい気がしてます」

正直言って、アレは予想外だった。

いや想定はしてたけど、かなり際どい戦いだった。

アレがもう一体とかいたら……どうなっていたかわからない。

「そうね、あのクラスがもういないとは限らないし。もしかしたら、次は数が増えてやってくると」

「やっぱり、俺が行けば良いんじゃね？　俺なら、一対一でも戦えるぜ」

「だから、アンタは駄目よ。こんなのでも、王位継承権一位の人なんだから」

「こんなのとか言うなよ。というか、マルスがいるから、最悪俺がいなくても……」

「いやいや、兄さんに何かあったら困るよ。大丈夫、俺がなんとかするから。魔法も慣れてきたし」

「いえ、ここは私が行くべきかしら？」

「『いやいや！　ないから!!』」

俺と兄さんの声が重なる。

姉さんに何かあったら、俺達の比ではない。

色々なところで、支障が出てきてしまう。

「お三方、落ち着いてくださいませ」

「シルク？」

「お互いを思っての言動は、とってもいいことだと思いますわ。それが我々が仕える王家の方々だというのも、とても嬉しいですの。ですが、何も三人が頑張る必要はないですわ。ここには、私達がいるんですから」

シルクに言われて周りを見ると、皆が頷いている。

どうやら、周りが見えてなかったのは俺達の方だったみたい。

「私自身は何もできないですけど、それでも微力ながらお手伝いをさせてください」

「そんなことないよ。シルクの癒しの力はとても頼りになるし、その他でも助けられてるから」

「あ、ありがとうございます……」

すると、リン達が何やらコソコソと話をして……前に出てくる。

「マルス様、ひとまず保留としましょう。シルク様、幸い食料の供給はギリギリ間に合ってますよね？」

「ええ、そうですわね」

「うーん……でも、保留してどうするの？」

「その間に、私達も強くなります――今よりもっと」

「主人よ、前回は不甲斐ない姿を見せてしまったが……次こそは負けん」

「ボス！　次はオレも参戦しますぜ！」

「僕も足手まといにならないくらいには強くなります！」

「わ、わたしも、自分の身くらいは守れるようになります！」

……そうか、俺達のために。

ラビやシロまで、随分と頼もしくなって。

「キュイ！」

「ルリ……うん、ありがとね」

どうやら、ルリも手伝うと言っているらしい。

たしかに成長が早いから、すぐにでも強くなれそうだ。

「マルス様！　微力ながら我々もお手伝いいたします！」

「俺もです！　兵士達も、最近は強くなってきてるんですよ！」

そう言い、ヨルさんとマックスさんが前に出てくる。

「……みんな」

……そうか、少し焦ってたかも。

昔はリンしかいなかったけど、今はこんなにたくさんの人がいる。

そうだ、チートにかまけて忘れそうになってた。

俺はみんなを頼ってスローライフを目指していたじゃないか。

そもそも、俺の目的はダラダラすることだったし。

「じゃあ、みんなには俺がダラダラするために頑張ってもらおうかな」

「「マルス様も頑張るんですよ？？」」

シルクとリンから、速攻で突っ込まれる。

「えぇ〜頼って良いって言ったのに」

「それとこれとは話が別ですわ。マルス様も頑張る、そして私達も頑張りますの」

「そういうことですね」

「はーい、仕方ないなぁ」

すると、姉さんが手を叩く。

「そうね、私達も落ち着くべきだったわ。それじゃ、次の動きはマルス的にはどうするの？　ここの領主はマルスなんだから、貴方が決めないとダメよ」

「うーん……ちょっと、考えるかなぁ」

「まあ、急ぐことはないわね」

「そうだな、俺達も頭を冷やした方が良いな」

全員を見回すと、それぞれが頷く。

すると外から、参加してなかったゼノスさんがやってくる。

「おっ、ちょうど良い感じっすかね？」

「お兄様！　どこに行ってたんですの!?」

「悪い悪い、親父に手紙を書いててな。それより、マルス様、セシリアさん」

「ん？　私か？」

「どうしたの？」

「たまたま聞いたが、セレナーデ王国から輸送隊が来たみたいだぜ」

「ほんと？　今度は、何が届いたんだろ？」

「……ああ、私が頼んだアレかもしれない。マルス殿とシルク殿、一緒に来てもらえるか？」

「私達はここで待ってるから行ってきなさい。その間に、色々と話し合っておくから」

その言葉に俺とシルクは頷き、外にいる輸送隊の元に向かう。

屋敷の前に出ると、荷物を出すのを手伝っているバランさんがいた。

「バランさん、ご苦労様です」

「これはマルス様。いえ、稽古中に目に入ったので。なので、サボっていたアイツを使いに出しました」

「はは、そうみたいだね。あとはやっておくから、バランさんは戻って良いからね？」

「ありがとうございます。それでは、稽古に戻らせていただきますね」

そしてバランさんから引き継ぎ、荷物を確認していく。

「冷凍された食料……おっ、クラーケン？」

「そうですわね。相変わらず、白くて綺麗ですの」

「それは子供らしき個体らしい。あれ以来、増えていると」

「へぇ、そうなんですね。おっ、貝類もある。これは、みんなにも食べさせてあげたいです」

「あれは美味しかったですわ……その、また食べたいくらいに」

「うんうん、わかるよ」

旅行に行ってない面子もいるし、イカ焼きなんかは兄さん達が好きだよね。

「うむ、それらは頼んでおいたからな。あとは、私が頼んでおいた……これだ」

「それはなんですの？　……なにやら大きい布のように見えますけど」

「……へっ？」

俺の勘違いでなければ、セシリアさんが持っているアレは……浴衣である。

「これは浴衣といい……」

「アァァア！　やっぱり！　それはユ・カ・タ！」

「マ、マルス様？」

「おや、やはりマルス殿は博識だな。これは浴衣といい、我が国の一部の地域で作られている物だ。

我が国の生産性の向上のためにも、そちらで流行《はや》らせてほしい」

「おおっ！　買い取ります！　いくらですか!?」

これは是非とも、シルクとリンに着てもらわないと！

スライディング土下座をしてでも！

「マ、マルス様！　落ち着いてください！　セシリア様、これはお洋服ですの？」

「ああ、そうだ。そちらの国に近い地域では、人々はよく着ているよ。確証はないが、元々はフリージア王国から伝わったとか」

……なるほど、その可能性もあるのか。

以前来た聖女様が、いつの時代の人かはわからない。

ただ着物や浴衣なら、結構昔からあるから変じゃないね。

「俺は図書館で見たから知ってます！　きっと、聖女様が伝えたんですよ！」

「ふむ、その地域のまとめ役の方もそう言っていたな」

「そうなんですの……ということは、元々は我々も着ていた可能性がありますわ」

「そうそう！　そういうことだよ！　聖女様が着ていたという由緒正しき服！　それを聖女と呼ばれるシルクも着るべきなのさ！」

「わ、わかりましたわ！　もう！　落ち着いてくださいませ！」

「やったァァァ！　フゥ～!!」

「も、もう……恥ずかしい格好は嫌ですよ？」

「大丈夫！　水着とは違うから！　むしろ、見えないから！」

水着と言ったら次は浴衣だ！　日本人としては譲れないよね！

そして水着もエロいが……浴衣はある意味で、もっとエロい。

「見えないのに良いんですの？　……よくわかりませんわ」

「いやいや！　それが良いんだよ！　紳士諸君！　異論反論はなかろう!?」

「うるさいですって……というか、誰に言ってるんですか？」

「イタッ!?　……ツッコミのリン、なにすんのさ？　今のは突っ込むところじゃないよ？」

気がつくと、いつの間にかリンがいた。

どうやら、俺の頭を小突いたらしい。

「だから、ツッコミのリンじゃないです……いや、今のは突っ込みますって。シルク様、セシリア様、私がマルス様の相手をするのでお話をしてください」

「あ、ああ、そうさせてもらおう」

「リン、助かりますわ」

「そんな、人を邪魔者みたいに……」

「マルス様？　買わなくて良いんですの？」

俺を見るその目は、まさしくブリザードだった。

いかん！　このままでは浴衣を着てくれないかもしれない！

「か、買ってください！　邪魔しないようにあっち行ってるね！」

「はいはい、それが良いですよ」

その後、リンと一緒に少し離れた位置に来る。

「俺はちょっと、シルクの浴衣姿が見たいだけなのに……」

「浴衣？　何をそんなに騒いでいるのですか？」

「いや、浴衣って服があって……リンも着てくれる？」

よくよく考えたら、リンにも似合いそうだ。

可愛さのシルク、美人のリンって感じで。

「……またですか？」

「いや、今度は普通だから！」

「……し、仕方ありませんね」

イエス！　これで浴衣美女が見れる！

するると、輸送隊を率いていた方が歩いてくる。

「お話し中、申し訳ありません。少し、よろしいでしょうか？」

「あれ？　……どこかで見たような？」

「マルス様。この方はセレナーデに旅行に行く際に、関所でお会いしましたよ。たしか、ナイルさんとか」

セレナーデに行く時に関所……銀色の鎧《よろい》を着た隊長って人に会ったかも。

「ああっ！　すみません！」

「いえいえ、一度きりですから仕方ありません。改めまして、ナイルと申します」

「マルスといいます。それで、何かご用でしょうか？」

「少しご相談がありまして……輸送隊を率いてきた際に、村々や街を見てきました。幸いにして、圧政を敷いていているような感じはしませんでした。満足とは言えないでしょうが、食事もきちんと取れていたかと」

「それなら良かったです。一応、その辺は視察を行ってるはずなので」

良かった、他国の人から見てもそうなら問題はなさそう。

あとは、食料問題だね。

「ただ、道の行き来が大変かと。今後発展させるにしろ、我が国との交易にしても……早めに街道整備が必要かと思いました。整備されれば護衛の数も減り、結果的に荷物も増やすことができるかと」

「なるほど……その通りですね。貴重な意見をありがとうございます」

「い、いえ……良き方ですな。それでは、失礼いたします」

そう言い、輸送隊の元に戻っていく。

そして、セシリアさんと何かを話し……そのセシリアさんが、俺の元にやってくる。

「すまない、うちの者が勝手なことを……」

「いえいえ、貴重な意見でしたから」

「ふふ、ナイルが褒めていたぞ。突然にもかかわらず、真摯に対応してくれたと。これなら、この先の交易も明るくなると」

「別に普通の対応しかしてないですけど……でも、これで今後の動きが決まりました。一度、みんなのところに戻りましょう」

その後、俺達は再び姉さん達が待っている部屋に戻る。

そして、先ほどのことを説明する。

「というわけで……魔獣飼育計画の前に、交通整備から始めようかなって。それなら、そこまで危険はないと思うので。その間に、みんなには強くなってもらうよ」

よくよく考えるとそれが一番民のためになるよね。

国が起こす公共の事業だから、きちんと賃金は払われる。

安全な道があれば、一般の人々も商人達も行き来しやすいし。

働く場所やお金があれば、盗賊になったりする人も減るだろうし。

「こちらとしては願ってもないことだ」

「では、決まりですね」

「それじゃあ、簡単にまとめるわね。先に公共事業を始める、その間に戦力補強を行うってことで良い？」

「うん、それで良いと思う。魔獣飼育計画が進んだ時に、効率よくそれを届けるためにも」

周りを見回すと、みんなも頷いている。

どうやら、反対意見はなさそうだ。

その後、リンとルリと一緒に自分の部屋に帰る。

シルクには悪いけど、輸送隊との取引を頼んである。

「ふぅ、疲れたや」

「ふふ、お疲れ様です」

「真面目な話は肩が凝って仕方ないや。リンこそ、ありがとね」

「いえ、私は何も」

「そんなことないよ、ベア達を集めてくれたのはリンだもん。それが今、こうして実を結んでいるんだから。何より、みんな仲良くなって楽しいし」

ベアやレオは一緒に遊んでくれるし、シロやラビは見てると癒される。

たまたまだけど、良い人達を選んでくれたよね。

「マルス様……私は、お役に立ててますか？」

「そりゃ、もちろん」

「なら良かったです……それこそが、私の願いでしたから」

そう言い、最近見せるドキッとする微笑みを浮かべる。

それを見ると、俺の心臓が跳ねる。

……最近、リンのこれを見るとドキドキするんだよなぁ。

「マルス様？」

「い、いや、なんでもない！」

「そうですか？　なら良いですけど」

その後、ゆっくりとお茶をしてると……。

「マルス様、リン、入りますわ」

「シルク、お疲れ様」

「シルク様、ご苦労様でした。お茶でもどうですか？」

「お二人とも、ありがとうございます。では、ちょうだいしますわ」

三人でお茶をしながら、シルクの話を聞く。

「まずは、お金についての話し合いは終わりましたわ。持ってきた物は全て買い取らせていただきましたの」

「おっ、それなら良かった」

「ただし、結構なお値段でしたので……マルス様には働いていただきますの」

「うげっ……」

「うげっじゃありませんわ。明日には輸送隊の方々は帰国するみたいなので、それまでにマルス様の氷魔石を用意してほしいとのことですわ。これから、どんどんと暑くなってきますから」

なるほど、もうそんな時期かぁ。

最初に来た頃は冬だったのに、いつの間にか時間が過ぎていた。

「わかった。そういうことなら、俺が頑張るしかないね」

「頼みますの」

「その代わり……」

「ええ、わかってますわ。リン、どうやら着るのに時間がかかるみたいですの。ある程度したら、二人とも来てくださいと言われてますわ」

「そうなんですか？」

「ええ、特にリンには尻尾がありますので」

「わかりました。それでは、行きましょうか」

「じゃあ、俺はその間に氷の魔石を作ってるね」

話がまとまり、二人が部屋を出ていく。

俺はベッドで寝ているルリの隣に座り、ひたすら作業を行う。

そして、とりあえず規定分の魔石を用意し終わる。

こうなったら、あとはダラダラするだけである。

「ふんふふーん。いやぁ～浴衣姿が楽しみだなぁ……浴衣？」

待て……何か足りない気がする。

浴衣といえば祭り……イカ焼きが食べたいし、パエリアも良いね。

「これが終わったら、シロのところに行くかな」

それも大事だけど……あっ。

「そうだよ！　それだよ！　あぁー、でもこの世界にはないのかぁ」

俺の魔法でどうにかなるかな？

……試すだけ試してみようっと。

そうと決めた俺は、シロに頼みごとをした後、ひっそりと外へと出ていくのだった。

そして、人がいないところで実験を始める。

「うむむ……難しいや」

先ほどから火を出しては、試行錯誤を繰り返している。

しかし、イメージ通りに魔法が発動しない。

「えっと、聞いたことを思い出して……簡単な作りは、導火線、割り薬、玉皮で……打ち上げたあと導火線からの火が割り薬に伝わって爆発し、玉を割るんだっけ？」

その作りをイメージして魔法を放つと……どうにか成功する。

「やっぱり、簡単でも作りを知ってるのは大きいや」

俺はその後も練習を続け、何とか満足のいく結果になったので屋敷に戻る。

その頃には、日が暮れ始めていた。

玄関から入ると、シロとかち合う。

「師匠！　イカ焼きの下準備はできました！」

「ご主人様！　わたしも手伝いましたっ！」

「シロ！　ラビ！　偉いぞ！」

「えへへ〜あとは、何をすれば良いですか？」

「わたし達も、お手伝いしたいです！」

「そうだなぁ……少しイベントをしたいんだけど、そのイベントでは大きな爆発が起きるんだ」

「「爆発ですかぁ？」」

「うん、都市の外でやるから危険はないと思うんだけど……一応、住民のみんなに知らせてほしいかなって」

「わかりました！　ひとっぱしり行ってきますねっ！　ラビちゃん！」

「うんっ！　手分けして行こう！」

そう言い、二人が勢いよく飛び出していく。

「……ほんと、逞しくなったこと」

出会った頃とは大違いだ……うん、焦ることないね。

確実に、一歩ずつ進んでいこう。

その後、部屋に戻る途中で……窓の向こうから声が聞こえてくる。

「セア！　どうした!?　レオよ！　その程度か！」

「まだまだァア！」

「その意気や良し！」

「ボスの願いのためにも強くなるぜ！」

「おう！　ともに主人の願いを叶えようぞ！」

レオとベアが、激しい組み手をしている。

その近くでは、ヨルさんとマックスさんが、バランさんに稽古をつけてもらっている。

「マックス！　我々もやるぞ！」

「はいっ！　お手合わせお願いします！」

「うむ、良い気迫だ。マルス様のため、私も力になるとしよう」

……みんな、頑張ってるね。

よし、俺もみんなのために一働きしますか。

そして諸々《もろもろ》の準備をし、浴衣に着替えて部屋で休んでいると……扉を叩く音がする。

「マルス様？」

「いますかね？」

「あっ、シルクにリン？　入って良いよ」

「し、失礼しますわ……」

「失礼します」

そして、扉が開くと……そこには浴衣姿の美女と美少女がいた。

リンはシンプルだけど大人っぽい黒の浴衣で、いつもよりお姉さん感が増してる。

シルクの方は爽やかな花の紋様の入った青い浴衣で、まるで絵に描いたような美少女だ。

「うわぁ……二人とも！　よく似合ってる！　めちゃくちゃ可愛くて綺麗！」

「あぅぅ……め、面と向かって言われると照れますの」

「そ、そうですね……お世辞でも嬉しいですね」

「お世辞じゃないよ！　いやぁ〜！　生きてて良かったアァァ！」

「そ、そんなにですの？」

「よくわかりませんが……時間をかけて頑張った甲斐はありましたね」

「ふふ、それはそうですわ」

紳士諸君！　君達ならわかってくれるはず！

普段クールなお姉さんがデレるのも良い！　しかし！　クールなまま凜とした姿も良き！

ツンツンしながら女の子がデレるのは最高！　しかし！　おどおどしながらデレるのも良き！

「とにかく、ありがとう！　次は、俺の番だね！」

「マルス様？　どういうことですの？」

「また何かやらかすんですか？」

そう言い、ジトッと見てくる……最高です！　違う違う！

「いや、姉さんにはきちんと許可はとってるから」

「それなら良いですわ」

「ええ、安心ですね」

「俺の信頼度って？」

「「日頃の行いを考えてみれば良いのでは？」」

「被せないでよぉ〜！」

「「ふふ」」

「あと、マルス様も似合ってますの」

「ええ、黒い髪に合ってるかと」

「そう？　ありがとう」

まあ、二人が笑ってくれるなら良いや。

それと俺の紺の浴衣だが……そりゃ、似合うのは当然だよねー。

すると、二人がそれぞれ俺の腕を組む。

「えっ？」

「では、エスコートしてくださいませ」

「そうですよ、この格好は歩きづらいですから。履き物も、いつもと違いますし」

「そ、そ、そうだね！」

おぉぉぉ！　これは夢かっ！　浴衣姿の女の子二人に挟まれるとか！

しかも、おっぱいがいっぱい！　……いかんいかん、頭が馬鹿になってる。

俺は冷静を装って、屋敷の外へと出ていくのだった。

外に出ると、すでに人々がイカ焼きを食べながら楽しんでいる。

「マルス様ー！　美味しいです！」

「お二人ともお綺麗です！」

「ありがとー！　今日は特に挨拶もしないから自由にしてくださいねー！　そして、イベントをお楽しみに！」

今日は宴という感じではなく、小規模な祭りって感じにした。

イカ焼きを食べたい方は館の前に並んで、それを受け取って自由に過ごす形だ。

都市の人々に挨拶をしつつ、俺達は都市の外に向かう。

すると、そこには……すでにみんなが揃っていた。

テーブルと椅子を用意し、そこで各々が談笑している。

「ふぅー！　両手に花っすね！　シルク！　馬子にも衣装だな！」

「もう！　お兄様！」

「よくお似合いですな」

「ふふ、そうね」

姉さんを真ん中に、バランさんとゼノスさんが座っている。

そのすぐ近くには、セシリアさんとライル兄さんがいる。

「おっ、リンも似合ってるじゃんか」

「ライル様、ありがとうございます」

「セシリアさんも、着れば良かったのに」

「いやいや、今日の主役は三人だからな」

その周りには、ヨルさんやマックスさんが警護についている。

そして、門を出て少し離れた場所に、残りのみんなが待っていた。

「キュイ！」

「ご主人様！　楽しみです！」

「師匠！　早く早く！」

「ふっ、ご苦労だな」

「ボス、やっと来てくれたっすね。こいつらが元気すぎて大変っすよ」

ベアとレオは、いざという時のための護衛だ。

調整はするけど、ラビやシロ達が火傷《やけど》したら大変だし。

「ごめんごめん。それじゃあ、始めようか」

「マルス様？　結局、何をしますの？」

「そうですよ、いい加減教えてくれないと」

「まあまあ、見ててよ」

残念だけどリンとシルクには離れてもらい、俺は準備をする。

ちなみにリンとシルク以外には、俺のやることは伝えてある。

「よし……やりますか！」

両手を上に上げて精神を集中……イメージは空で爆発、それを火属性魔法で……仕組みを理解していれば、あとは魔法が勝手に再現してくれるはず。

「……打ち上がれ――ファイアーワーク《花火》！」

俺が放った火の塊は、空に打ち上がり……ドーン！という音で弾《はじ》ける。

そして、青と黄と赤のカラフルな色が夜空を彩る。

それは不格好だけど、俺の知る花火に近い形になっていた。

幸いなことに、花火の燃えカスが燃え広がるような事態にはならなそうだ。

「わぁ、綺麗ですわ……マルス様！　とっても綺麗ですの！」

「す……すごいです！　マルス様！　ものすごく綺麗ですね！」

「でしょ？　ふふ、これを二人に……」

しかし、そこで俺の言葉が出てこなくなる。

花火よりも、それに照らされた二人の笑顔の方が綺麗だったから。

「「マルス様？」」

「い、いや！　綺麗だよね！　浴衣を着てくれるお礼に、これを見せようと思って」

「ふふ、ありがとうございますわ」

「ええ、ものすごく嬉しいです」

「そ、そう……じゃあ、イカ焼きを食べようか！」

その後、みんなにも感動したと言われながら、わいわいとイカ焼きを食べる。

俺は魔法で花火を打ち上げながら思案する。

最近の俺は気づかぬうちに……チートに目覚めて勘違いしそうになっていたかも。

自分で何もかもできるかもしれないって。

でも、そんなことはない……いや、そうであったとしてもそれは違う。

ここまで来れたのは姉さんや兄さん、リンやシルク……そして仲間達のおかげだ。

「そうだよね……」

「「マルス様？」」

「ううん、何でもない。二人とも、これからも力を貸してね」

「そんなのは当たり前ですわ」

「ええ、それが私達……いえ、我々の願いです」

リンの言葉に、周りのみんなも頷いている。

「そっか……じゃあ、俺がダラダラできるようによろしくね！」

「もう！　マルス様ったら！」

「はぁ、仕方のない人ですね」

焦らなくて良い。

俺はみんなと一緒に——これから先もスローライフを目指していけばいい。

浴衣姿で微笑みを浮かべる二人を見ながら、そんなことを思うのだった。

読者の皆様、お久しぶりです。

作者のおとらです。

この度は三巻を買っていただき、誠にありがとうございます。

三巻というのは一つのハードルなので、ひとまず出せたことにホッとしております。

今回は熱い展開を中心に、じんわりとしたお話を入れさせていただきました。

皆様に何か届いたなら、作者冥利につきます。

さて、今回はページの都合であとがきが短いということなので……イラストレーターの夜ノ《やの》みつき様、今回も素晴らしいイラストを描いてくださり誠にありがとうございました。

特に9月16日発売予定の『電撃文庫30周年記念　公式海賊本　電撃うぇでぃんぐ!』用に描いていただいたイラストには感動いたしました。

おそらく、一生の宝物になるかと思います。

担当の阿南《あなん》様、今回もお忙しいところ色々とご相談に乗っていただきありがとうございました。

お話しした通り、また飲みにでも行きたいです。

担当の井澤《いざわ》様、今回も色々とお手数をおかけしました。

仕事がスムーズにいくようになったのも、井澤様のおかげです。

そして読者の皆様、引き続き本作を読んでくださりありがとうございます。

最後に、この本を手に取ってくださった方々、制作に関わった全ての方に感謝いたします。

それでは、四巻を出せることを願って。

電撃の新文芸

国王《こくおう》である兄《あに》から辺境《へんきょう》に追放《ついほう》されたけど平穏《へいおん》に暮《く》らしたい③
～目指《めざ》せスローライフ～

著者／おとら
イラスト／夜《や》ノ《の》みつき

2023年9月17日　初版発行

発行者／山下直久
発行／株式会社ＫＡＤＯＫＡＷＡ
〒102-8177　東京都千代田区富士見2-13-3
0570-002-301（ナビダイヤル）
印刷／図書印刷株式会社
製本／図書印刷株式会社

【初出】……………………………………………………………
本書は、2021年から2022年にカクヨムで実施された「第7回カクヨムWeb小説コンテスト」異世界ファンタジー部門で《特別賞》を受賞した『国王である兄から辺境に追放されたけど平穏に暮らしたい～目指せスローライフ～』を加筆、訂正したものです。

ISBN978-4-04-915240-1　C0093　Printed in Japan

ファンレターあて先
〒102-8177
東京都千代田区富士見2-13-3
電撃の新文芸編集部

「おとら先生」係
「夜ノみつき先生」係